ハヤカワ文庫JA

〈JA1418〉

探偵は絵にならない

森 晶麿

早川書房

8476

目次

探偵は絵にならない

プロローグ

「東京はどうした？」

その声は、森林にレモンの雫《しずく》を垂らしたような室内の香りとほどよく調和して、リビングからひと続きの〈保管室《アロマ・ストレージ》〉にいる我が耳に届けられた。

床から天井まで隙間なくガラス張りの冷蔵棚をしつらえた〈保管室〉の壁面には、深藍《ふかきあ》色《いいろ》や孔雀青色《くじゃくあおいろ》の小壜が所狭しと並べられ、その手前に飾られた無数の熱帯魚のフィギュアと相俟って深海さながらの様相を呈している。

小壜の中身は、この部屋の匂いの源となるオイル。人間の記憶だってこんなふうに保管されていれば、プルーストが失われた記憶を求める必要はなかったはずだ。

それにしても、相変わらず話したくないことから順に聞いてくる。こっちが聞いてほしくないことは承知の上。この部屋の主、小吹蘭都《おぶきらんと》はリビングの椅子に腰かけ、テーブルの中央にあるピクルスの容器にフォークを突っ込んだ。黄色と赤のパプリカをひと切れずつ釣り上げて小皿に載せ、うち一つをつまむ。

「尻尾を巻いて逃げ帰ってきたの？　まあ、大変な世界だもんな。大丈夫、誰も君を責めないと思うよ」

　うんうん、と蘭都は一人で推測して頷く。

　蘭都の背中に張り付いて肩からその様子を覗いているのは、巨大なグリーン・イグアナのネロリ。まだ自分たちが高校生だった頃は手乗りサイズだったのに、十年ぶりに帰省してみれば、蘭都の肩から顔を出しながら、尻尾を蘭都の腰に巻き付けられるくらいの大きさになっていた。

「待て待て、勝手に話を進めるなよ」

「君が何も言わないからだよ」

「おまえは昔から待てしばしがないんだよな」

　コイツの質問には、高校時代から何らかの回答をする癖がついている。大事なのは、嘘にならない程度に誤魔化すことだ。

「逃げ帰ってきたわけじゃないよ。絵ならどこでも描けるだろ？」

「なら、はじめからこの街で描いていればよかった」

「嫌味を言うなって。俺は疲れてるんだ」

蘭都はパプリカをたいらげると、ネロリを背負ったまま〈保管室〉へやってきて壁の冷蔵棚を物色し始める。冷蔵棚の三段目にある瑠璃色の壜の蓋を外し、スポイトで中の液体を吸いとると、数滴コットンに沁み込ませた。

慣れた作業なのか、蘭都の表情は穏やかだ。いくつになっても少年みたいな横顔をしている。

「心配しただけだよ」

「なぁにが心配だよ。けっ」

悪態をつきながら蘭都に背を向け、ソファのクッションに顔を埋《うず》める。夕方にある高校の同窓会までにもう一寝入りしとくか。

「あのさ、クッションによだれつけるなよ？」

「つけるか！」

夜行バスの硬い座席のせいで昨夜は一睡もできなかった。夜行バスの車窓から眺める夜ってやつは、できたことよりもできなかったことばかり思い出すようにできてるらしい。

「画家として華々しくデビューして、その後も発表を続けてたから、うまくいっているんだと思ってたんだけどなぁ」

「……作品を発表し続けてたのは、絵の価値が下がってるからさ。価値が下がれば、仕事を増やさなきゃな」

五年前、国内の絵画の登竜門といわれる藤田《ふじた》東呉《とうご》賞を受賞した二十三歳の若造の前には、カナリア色の未来が広がっていた。

歯車はきわめて順調に回っていた。

マスコミは連日取材に来たし、バラエティ番組にもいくつか出た。旅番組で敬愛するマティスとかゴーギャンゆかりの土地を訪ねに行かせてもらえたりもした。

いま考えれば、薄っぺらいコメントしかしなかったのに、それでもちやほやされた。パチンコで大当たりしたときみたいな感じだ。手を動かさなくたって、物事はすべてしぜんといい方向に進んでいく。

だが、風向きが変わるのは一瞬だ。あるとき、絵に対する周囲の反応に違和感を覚える。同じ「素晴らしい」でも、顔を見れば温度差はわかる。

蘭都がソファに近づいてくる足音。同時に、かすかに刺激的でいて甘やかな香りが漂ってくる。不覚にも夜行バスからずっと引きずっていた惨めったらしい気持ちが、ほんのわずかに遠のいた。

「イランイラン」

「あ？」

「アロマオイルの名前だよ。〈花の中の花〉って意味がある。心を開放的な気分にする。いまの君にはうってつけの匂いだろ？　こいつを五滴、あとジャスミンを三滴ほどボトルに入れたコットンに沁み込ませて吸入するんだ。どう？　やってみる？」

「……ヘンなもん嗅がせるなよ。これから寝ようとしてんのに、エロい夢でも見たらどうしてくれるんだ」

「それはご自由に。下のフロアで施術受ける？」

我々がいまいる蘭都の家は三階にあり、その一つ下のフロアには蘭都の経営するアロマサロン〈オフラン〉の店舗がある。居間の片隅にある螺旋階段を降りれば、すぐに職場だ。

「ことわる。爪まで塗られそうだ」

「爪は塗らない。マッサージはするけどね」

「……とにかくいらねぇよ」

重石を外した風船みたいに、ふわりと欠伸《あくび》が出た。

「消えたね」

「あ？」

「いま欠伸したろ？　ここ入ってきた時のぎすぎすした空気が消えた。イランイランを嗅いだ効用だ。でも残念ながら、天才画家の濱松蒼《はままつあお》の匂いはないね。君は匂いをなくして帰ってきた。画家になるために上京するときは、もっとカラフルな匂いをもってたのに」

「匂いに色なんてあるかよ」

「あるよ。少なくともあのときにはあった」

「おまえの寝言を聞きに帰ってきたわけじゃねーよ」

内心では、そうだったかも知れない、と思っていた。上京を目論《もくろ》んでいた頃は、野心に満ちていた。

十年……ちょうどアンドリュー・ワイエスの亡くなった二〇〇九年にここ浜松を出て夜行バスで東京へ向かった。ワイエスが亡くなったのを覚えているのは、その死亡記事で初めてワイエスがまだ生きていた画家だと知ったからだった。

美大も出ていない自分は、それまで通っていた絵画教室で得た技術と感性だけが頼りだった。だが、《フォンの風》を描いた瞬間、なぜかデビューを確信した。作品がこっちを選んだように思えたのは、そのときが初めてだった。

そうして——。

——消えたわね。

ふと、フォンの声が耳によみがえる。チャン・ジェウ・フォン。つい一週間前に放たれた彼女の声は、まだ体内の真空管をゆったりと漂っている。

長らく共に暮らしてきた荻窪の狭いアパートには、絵を描く椅子はあってもダイニングテーブルはなく、食事をとるのはいつもベッドの上だった。

あの日、ベッドでだらりとした姿勢でテレビを見ていたら、フォンが明け方のコンビニバイトから帰ってきた。バッグをベッド脇のフックにかけると、スカートとストッキングを脱いで、いつものように背の低い冷蔵庫へ向かう。すらりとした足が、白シャツから伸びていた。

フオンはビールを取り出して開栓すると、一気にぐびぐびと飲み始めた。それから、シャツのボタンを外して、こっちに身体《からだ》をくっつけてきた。ちょうど注目しているコメディアンが何か発言するところだったから、少しだけ彼女をよけた。あまり露骨なよけ方ではなかったが、フオンは意図を敏感に察知したようで、しつこく絡もうとはしなかった。

すぐに身体を離すと、胸ポケットからマルメンライトを取り出してくわえ、火をつけて煙を吐き出した。

彼女の煙草の匂いを嗅ぐと、なぜか高菜おにぎりと爽健美茶が欲しくなる。いつもそうなのだ。

コメディアンは結局大したことは言わなかった。顔を上げたところで、視線がぶつかった。

——いい絵、描けたの？

——依頼もないのに何を描けって？

——ゴミ箱とか、大好きなテレビとか、何でもいいじゃない？　どうせ絵を描く以外に何もできないでしょ？　掃除も料理も下手。買い物を任せると何か一つ必ずメモに書いてあるものを忘れるでしょ。あれだけはすごい才能だと思うけど。

フォンは小さく拍手してみせる。彼女のいけないところは、自分を棚上げしてこっちの欠点をあげつらうところだ。

――嘘つけよ。掃除も料理も君よりうまいだろ。買い物はたしかに忘れるけど……。

――東京に出てきたばかりの頃はお金にならなくても描いてたじゃない？　お絵描きが好きなんでしょ？

――お絵描きって言うな。帰ってきたと思ったらなんだよ、喧嘩がしたいならよそでやってくれ。いま全然そんな気分じゃねーから。

あの時は、本当にうんざりした気持ちだった。自分は仕事帰りのストレスをぶつけられた被害者だ、くらいに思っていた。いや、その側面も多少はあっただろう。

だが、フォンは深いため息をついた。

――消えたわね、アロマが。

――アロマ？

――匂いのことよ。ベトナム語だとフォン。私の名前になるんだけど。

――匂いが消えたってどういうことだよ？

フォンは冷笑を浮かべた。

当たり前の質問をしたはずなのに、間抜けなことを訊いたような気分になった。答えは自分で考えて、と彼女は言って、目の前で荷物をスーツケースに詰め始めた。何をしてるんだと思ったが、黙っていた。彼女がオーディションの都合で一人で遠出をすることも珍しくなかった。フォンはダンサーだ。行き先は突然に決まる。わずかにまどろんで昼前に目覚めると、彼女の姿はなく、電話してみると、スマホもすでに解約されていた。

あまりに唐突の別れは幻肢に似ている。身体から、フォンが抜けないのだ。フォンを自分から切り離すには、このアパートにいてはいけないと気づいたのは、三日経ってからだった。

荷物をまとめている最中に、郵便物が届いた。差出人の名前はなかったが、丸みのある字体からフォンからだとわかった。中身は以前に交際五周年の記念に買った指輪。うっかり付けたまま出たのをご丁寧に送り返してきたわけだ。手紙は入っていなかった。

一方的なやり方だ。たしかに最近は行き違いが多かったが、だからって十年以上付き合ってきた恋人にこんな仕打ちがあるか？

苛立ちと困惑が綯《な》い交ぜになったまま封筒の表を見て、郵便局の消印が目に留まった。浜松の郵便局から送られていたのだ。

フォンが浜松に帰った？　そんな馬鹿な……。

長いこと、狭いアパートのベッドに横たわってぼんやり考えていた。目を閉じて空気を吸い込む。マルメンライトの匂いがまだ残っている。高菜おにぎりと爽健美茶がまた欲しくなった。

　それからすぐにアパートを引き払い、夜行バスで浜松に帰ってきた。

「それで？　ここにいつまで居座る気？」

「嫌なら明日にでも出てくぜ」

「やめとけよ。どうせ当てなんかないんだろ？」

　わかってるなら聞くなよ。悪態を飲みこんで目を瞑った。くだらない喧嘩をするエネルギーも、体内には残っていない。

「いたいだけいればいいよ。その〈保管室〉が君の居場所だ。家賃は一万五千円。店の裏手に使ってないガレージがあるから、そこをアトリエに使ってもいいよ。そっちは無料にしてあげる」

「……高くねーか？」

「電気ガス水道代無料、飯とアトリエ付きで一万五千。文句ある？」

「いや、ねーけどもな。そういうことじゃなくてだな」

　途中まで何か言い返そうと思っていたのだが、やめた。眠くなった。

「とにかく眠れよ。そして、ゆっくり取り戻したらいい」

「何をだよ？」

「君の失ったアロマを、さ」

アロマ、か。どいつもこいつもよくわからないことを言いやがる。

リビングで蘭都がテレビをつけた。珈琲を淹れるごぼごぼという音が、テレビのボリュームと拮抗している。幾多の香りの上に、珈琲の香りが加わる。空が夜に染められる時のようだ。

テレビからは、威勢のいい若手のインタビュアーが浜松まつりの稽古場に訪れている様子が流れてきた。目を開けずとも、そこにザ・遠州的光景が広がっているであろうことは想像がつく。

喇叭《らっぱ》に合わせて片手を上げ、やいしょやいしょと練り歩く男たち。ガキの頃は、ゴールデンウィークじゅう、どんちゃん騒ぎが止まないこの街が嫌いだった。

なのに——この街に帰ってきた。

それは、匂いをなくしたからか。

窓からリビングに入る心地よい風が、わずかに〈保管室〉にも流れてきた。

遠鉄線の電車のガサゴソとした走行音。

一階にあるブラジル料理店〈未来世紀ＢＺ〉の店員なのか、男が朗々とアントニオ・ロウレイロを歌いながらシャッターを開けている。浜松でミナスの楽曲が聴けるとはね。

高架下の広場では、きっと今頃ホームレスか仕事サボりのサラリーマンがぼんやりとしているだろう。匂いの洪水のせいで逆に嗅覚が敏感になっているのか、その下を流れる新川のすえた匂いまで嗅ぎ分けられそうだった。匂いはまた過去を運んでくる。父と歩いた浜松まつりの夜店。杏子《あんず》飴一つで他は何も買ってもらえなかった。浜松まつりの時期になると決まって離婚している父親のもとに預けられる。

《ごらんください、みなさん！　たいへん練習に熱が……！　熱が入っております！》

　まったく、そのようで。

　ああ、帰ってきちまった。

　馴染みすぎるくらい馴染む空気。この街の猥雑さと、倦怠感と、虚無感が、一気に押し寄せてくる。

　それと幾百の糞食らえが。

　大きな欠伸をした。眠ろうじゃないか。ゆっくり取り戻せばいい。俺の……匂い《アロマ》だっけ？……ふざけやがって。

　とにかく、目覚めたらフォン探しを開始しよう。

第一話　逃げたモチーフ

1

「千五百円ね」

「いまでも二本観られんの？」

尋ねながら千五百円をカウンターに置いた。

「まいど。変わってないだよ。終日いても値段は同じだに」

光郎《みつお》さんは高校時代と変わらない不愛想な目で答える。ドアを開けたときは無反応だったが、どうやらこっちのことをまだ覚えているようだ。

「しっかり楽しみな」

「はいよ」

だが、わざわざ高校三年の同窓会前にここへやってきたのは、ポルノ映画を楽しむためではないのだ。時刻は十五時。まだ同窓会までは時間がある。ポルノを二本観てもお釣りがくる。

奥に進むと、サスペンションが壊れていてやたら深く沈むばかりのソファに腰を下ろした。つまみを回してチャンネルを変えるタイプの赤い小さなテレビの上で、地上波アンテナが鹿の角みたいにふんぞり返っている。いまどきちょっとした骨董品だ。

赤いテレビに黒いソファ。ベージュの煤《すす》けた壁。そこに集まる小汚い服装をした中高年たち。自分だって人のことは言えないか。こんなよれよれのワイシャツにデニムのパンツなんて、平日の昼間に社会人がする恰好じゃない。

遠鉄沿線、遠州病院駅と第一通り駅のちょうど中間のあたりに、見落としそうなくらい小さな映画館《さくら》がある。やっているのはもっぱらポルノ映画。主な客層は中高年の男性客だ。高校時代はよく世話になった。ここに来る客はべつに興奮が欲しくて来るわけじゃない。ただ半ば厄除けのような感覚で来ている。

その証拠に、待合室では競艇新聞を広げているオッサンばかりだ。暇な日のたまり場として適している。ここで宝くじ券の皮算用だとか、浜名湖ボートレースの予測なんかをしながら、自分の機運を高めたりする。

今日の上映作品は、『蝶とセックスとビデオテープ』、『屋根裏監禁』。前者は『セックスと嘘とビデオテープ』、後者は江戸川乱歩のオマージュだろう。この手の作品のオマージュは形ばかりで、最初くらいしか共通項はなかったりする。男女が絡み合う口実がお飾り程度に四、五分語られ、あとは長い濡れ場が待っている。

「センセー、久々だら？　廃業した？」

話しかけてきたのは、ヤッさんだった。本名は知らない。だが、高校時代はここへ来るとほぼ百パーセントの確率でヤッさんに会えた。ここら一帯の情報通で、聞けば何でも答えが返ってくる。今日ここを訪れた目的も、ヤッさんに会うためだった。

「してないよ」

「こんな何もねえ街、廃業でもせにゃあ戻ってこんらぁ？」

「そういや、前より駅前ががらんとしてるな」

さっき昼寝から起きてからぶらりと街を歩いてみたが、ほぼ人に出会わない。鄙《ひな》びた街ならそれでも気にしないのだが、浜松駅周辺は変に洗練されているから、余計にゴーストタウンぶりが目立つ。

「最近はいつもこんな感じだに」

「若い連中はどこへ消えたんだ？」

「いま、この街で若者に会いたきゃ、志都呂《しとろ》とか市野《いちの》に行かにゃぁ会えんに」

「志都呂や市野に何があんだよ」

「ショッピングモール。でっかい屋内施設に、たくさんの有名な店が集まってるらぁ。映画館もゲームセンターもありゃ、もう移動の必要もねえし、みんなモール行くら」

「有楽街じゃダメなのか？」

今朝方、有楽街を歩いてみてぎょっとした。いったい、この十年ほどのあいだに何があったのやら。

「画家の濱松蒼センセーにゃこの変化は解せないけ？」

「そうじゃねーけど、なんか、外国人ばかり見かけるからさ」

もともと、外国人労働者で溢れている多国籍の街ではあった。

ブラジル、トルコ、ベトナムのレストランやパブなら、そこかしこにあった。この街は、もはや外国人労働者を抜きには成立しえないのだ。ただ、そこに市街地の若者離れが加わっただけか。

仮にこの国でどこがもっとも「未来世紀ブラジル」や「yen town」に近いかと言ったら、沖縄、福生と並んでこの浜松が挙げられるだろう。

「それより、ちょっと聞きたいことがあるんだ。人を探してる」

ヤッさんは腰を上げ、劇場の中に入る。急いで追いかけて隣に腰を下ろすと、スマホの画像フォルダから写真を見せた。

「美人じゃん。この子、ベトナム系だら？」

「まあね。チャン・ジェウ・フオン。ベトナム人の母親と二人で三歳のときに浜松へやって来た。帰化後の名前は川村《かわむら》芙音《ふおん》。ここを離れて十年ほど経ってるが、この一週間近くのあいだに帰省しているらしいんだ」

「実家はどこよ？」

「駅南《えきなん》。でも、戻ってないはずだ。彼女は母親と仲が悪い」

「彼氏よりはマシって思ったのかもしんねぇに？　まあそれはともかく、その子が浜松にいるのは間違いないだよ。先日見たから」

「……どこで？」

照明が暗くなった。上映前の宣伝が流れるタイミングで、ヤッさんが言った。

「とにかくどっか、あれだに、鰻丼食べて店出たら、いたんだに」

「……鰻丼って、どこの？」

「ええとなぁ、どこだっけなぁ……あ、始まるに！　またあとでな」

短い宣伝が終わって、画面が暗くなり、タイトルが毒々しい文字で現れる。

「ちょっと、大事なことなんだよ」

声を落として言うと、スクリーンに魂を奪われつつヤッさんが返した。

「忘れちまったよ……アンテナは立てとくから。あ、そうだ、話変わるけど西《にし》さんとこに顔出したか？　仕事の相談でもしな。恋人探すにしても先立つもんが必要だら？」

違いない。いつまで滞在するかは不明だが、当面の生活費は何とかなるにせよ、一万五千円だけは稼ぎ出さなくては、蘭都の家からも追い出されてしまう。

スクリーンでは初っ端から、女優が真っ裸で派手に開脚しながら怯えた顔をしていた。

2

「まあこっちはおまえの顔が見られただけで満足だよ」

鍛冶《かじ》北町《きたまち》の画廊〈西陽絵画〉のオーナー西陽一《にしよういち》は満足げに微笑んだ。歳は自分より十は上だが、三十前半と言っても通じる。浅黒い肌をした優男は、時化《しけ》た画廊にいるより海辺でサーフィンでもしていたほうが似合う。いつもアロハシャツを着ているせいもあるが。

「それだけっすか？　何も聞かないんだなぁ……」

「聞いてほしいのか？　あっちの調子はどうだとか」

「いや、ンなこと聞いてほしくはないですけど」

「だろ？　美術学校を出て、画家を目指して挫折する若者はいっぱい知ってるさ。どの子も俺にとっちゃ大事な手駒よ。とくに、おまえは東京で一度は評価された。出戻りだろうが、ほかの挫折チルドレンよりはよほど使い手がある」

「そりゃどーも。飛車《ひしゃ》ってとこですか」

「桂馬《けいま》だな」

「……とにかく仕事あったら、この桂馬に回してくださいよ」

「何でもやるってんなら、わりとすぐに見つかるけどな」

「何でもって？」

そこで西さんはニヤニヤと笑う。この人がここらでいちばん力のある画商なのは間違いない。有名大卒で頭も切れる。ただし、きれいな仕事ばかりしている人ではないのも確かだ。

「たとえば、よそのギャラリーから俺の言い値で絵を買ってくる。それを俺がもう少しだけ高額で買い取る」

「……そんなマジックみたいな怪しい商売を振らないでくださいよ」

きな臭い。何か黒い商売に違いない。こういうこともしないと画商というのは稼げない生き物なのか。

「じゃあ、贋作づくりはどうだ？」

「もっとやりませんてば。それに俺のテクニックは贋作には向かないと思いますよ。ああいうのは正解がある仕事ですから」

「正解のある仕事が苦手か？」

「らしいですね。贋作じゃない絵を描く仕事なら、べつだん種類は問いませんよ。ヌード画だろうと、社長の肖像画だろうと」

「ヌード画はともかく、社長の肖像画ならそのうち舞い込んでくるかも知れん。つまらん仕事と思うだろうが、ペイはいい」

「この際、ジジィを脱がして我慢します」

「仕事を回してやってもいいけど、社長さんの前では減らず口はダメだぜ？　俺はおまえのそういうとこ好きだけどな、中小企業の社長さんってのは芸術家のことをチェック模様の蠅くらいにしか思ってないんだ」

「……どういう意味っすか？」

「物珍しいが、しょせん虫けらってことよ。いまどこ泊まってんの？　うち来るか？」

「いや、大丈夫です。友人のところにいるので」

蘭都を友人と表現したのが妥当かどうか。そんなことはどうでもいい。と、そのとき、店の奥のほうで女性の咳払いらしき声がした。

「あれ？　誰か雇ってるんでしたっけ？」

「結婚したんだよ。子どももいる」

「へえ……幸せですか？」

西さんが結婚というのはまったくイメージが湧かなかった。十年前は、いつも会うたびに違う女を店に連れ込んでいた。あの頃は西さんによく絵を見せていた。絵画教室の師匠とは違って、西さんには日本の画壇についての裏話を毎度教えてもらった。上京を勧めたのも、西さんだった。

学校帰りに立ち寄ると、西さんは店の奥でセックスをしていたのかズボンのベルトが外れた状態で応対に出ることがよくあった。あの男が結婚して子どもまでいるという。

「幸せなわけねーじゃん」西さんは声を落とす。「毎日つまらねーよ。二年前まではさぁ、俺のそばにも呼べばすぐ駆けつけてくれるユルい子がいたわけよ。今じゃそんな生活ファンタジーだもんな。よりによってヤバいのに捕まっちまったよ」

西さんは特大のため息をついた。奥で「おーい、ちょっと来てぇ！」と野太い女性の声が聞こえた。

「いま接客中だよ！」

「さぁあああっさと来て！」

さらに輪をかけた大声が返された。奥方の勝ちだな、これは。

「わかった、一分で行く！」

西さんはお手上げのポーズを作ってみせた。

「おまえも結婚だけはやめとけ。またおいで。仕事探しとくから」

頭を下げている間《ま》に、西さんは店の奥へと引っ込んだ。よほど奥方を待たせるのが恐ろしいようだ。

店内をぐるりと眺めた。内装は何も変わっていない。絵の品ぞろえは変わったが、相変わらずどこで売れるのかよくわからない絵ばかり蒐集している。

さて時間はというと、すでに飲み会の開始時間を十五分ほど過ぎていた。長話がすぎたようだ。店の奥で始まったらしい夫婦喧嘩を後目《しりめ》に、飲み屋に向けて歩き始めた。

3

居酒屋〈夜羅《やら》舞火《まいか》〉は、画廊から歩いて五分の場所にある。幹事に急遽出席の連絡を取ったのが二月前。同窓会に出席するなんて、高校卒業以来初めてのことだ。緊張しないと言えば嘘になる。あのクラスには誰かはわからぬものの、俺にラブレターをくれた子がいるのだ。文面の「あなたはきっと成功する。その成功をいつもどこかで見守っています」という部分は、今日まで頭の隅にこびりついていたくらいだ。その子の正体くらいは知りたい気がしないでもない。

入口付近に近づくと、騒がしいコールが聞こえてきた。全国的に一気飲み禁止の機運が高まって久しいというのに、この土地では一気ならぬ「やいしょコール」がずっと息づいている。

「やいしょ！　やいしょ！」

店のドアを開けた瞬間に、コールが鳴り響く。奥座敷にある六つのちゃぶ台に分かれて、クラスメイトたちが騒いでいる。どこもかしこも、相変わらずだ。高校時代仲のよかった者同士で固まっているのも相変わらずなら、ノリも当時のまんま。体育祭の打ち上げにでもタイムスリップしたかと思ったほどだ。

下駄箱のところで、誰かが座っている。

「お、蘭都。なんだ、宴会の輪からはじき出されたか？」

昼間と変わらぬシルクのシャツに、グレイのストライプ柄のパンツという出《い》で立ち。たぶん仕事を終えてそのまま来たんだろう。全身から仄かにアロマの芳香が漂っている。もはやそれ自体が蘭都の体臭と言ってもいいほどしっくり馴染んでいた。

「安い酒の匂いがダメなんだ」

「……じゃあ入れないじゃん」

「だからここにいる」

「お気の毒だな。来た意味なしかよ」

「そうでもない。担任に挨拶は済ませたし」

「好きだった子とかいねーの？」

「いないよ、そんなの」

「そんな怖い顔で言うなよ……」

「先に帰ってるよ。僕はわりといろんな場所でクラスメイトに会ってるから、君ほどご無沙汰ってわけじゃないんだ」

「りょーかい」

　蘭都の肩をぽんと叩いてから中へと向かった。いい香りに囲まれて暮らすことは、存外弊害も多そうだ。そう言えばアイツは酒の匂いも苦手だが、女全般が苦手だった。よくそれでアロマテラピーなんて女性客の多い仕事を選んだものだ。

「よほどヤクザの世界に進みたくなかったんだろうなぁ……」

　蘭都の父親は、この浜松界隈を牛耳《ぎゅうじ》る小吹組の組長だ。それなのにアイツは高校時代から蚊もそっと指でつまんで逃がすような性格だった。父親は一人息子を溺愛してるらしく、小吹組を継がせる気も一切なかった。蘭都がいまの店を出すときも、銀行や不動産屋に根回しをしてくれていたことがあとになってわかったらしい。

　奥の座敷に顔を出すと、わざとらしい歓声が沸き起こる。

「お、アーティスト！　画伯ご到着！」

　囃《はや》し立てるのは、高校時代からクラスの盛り上げ役だった中村《なかむら》。下の名前は何だったっけ。りゅうすけとかけいすけとか、そんな類。チュースケって呼ばれていたから。

「つーいでーに、やいしょ！　やいしょ！」

　いつの間《ま》にか手にグラスが渡され、駆け付けでやいしょコールが始まる。二十代も後半になって何やってんだよ、まったく。くいっと飲み干して、いちばん手前の空いている席にどうにか腰を下ろした。

「おひさしぶり。私のこと、覚えてる？」

ようやく注目から逃れたと思ったら、となりにいる女子のお決まり挨拶ときた。同窓会って本当にこういう雰囲気なんだな。なにぶん顔を出すの自体初めてだから、素人くさい感想しか出てこない。

「ええっとね」言いながらパッと彼女の顔を見たが、覚えてるという言葉がすんなり出てくるほどには覚えていなかった。

「待ってくれ。覚えてる……はずなんだけどね……」

彼女は含み笑いを浮かべながら、こっちを見守っている。いい女には違いないが、そんなことは今は問題じゃない。

「こんなかわいい子いたっけ？」

タイトなビジネススーツから察するに仕事帰りなのか。バリバリ働くキャリアウーマンであることをイメージさせる記号的な美人ではあった。

そして、その外見に似つかわしくない煙草の吸い方。なにしろロングピースを吸って、鼻から煙を出してやがる。そのオヤジ臭さがなぜか厭味にならない。

それともう一つ、スーツにはあまり合わない奇妙なネックレスが気になった。黒マント姿の鳥男。何かのキャラクターだろうか？

「わからないのも無理ないわね。私、天笠佑子《あまがさゆうこ》よ」

「あまが……ええええ！」

運命よ、かなりエッジのきいた角度から迫ってくるじゃないか。

天笠佑子だって？

「あのあまぶー？」

彼女はピースサインを作った。

「ぶい、ぶい」

あまぶー。最初にそう名付けたのは誰だったのか。当時、クラス内最大生物とさえ噂された人物。うっかり廊下で激突すると跳ね飛ばされると評判だった。

「あの、ええと、え？　本当に？」

「変わったでしょ？」

「変わったもなにも……」

「よくなった？」

「……そりゃあ……うん……もちろん」

さぞやいまの自分は間抜けな顔をしているんだろう。

「ふふ。惚れるなよ」

照れながら言うところに愛嬌がある。

「がんばってるじゃん、蒼クン」

「お……知ってるの？」

「当たり前でしょ。君の活躍、新聞やネットでいつも追いかけてたよ。今日だってグループメールであなたが来ることになったって知って慌てて出席することにしたくらい。本当にすごいよ。あの頃の夢をちゃんと実現していて。卒業文集に書いてるもんね。プロの絵描きになれるかどうかはわからないけど、俺は絵を描き続ける――だっけ？」

「やめてくれ。あんな鳥肌のたつ言葉」

「ぜんぜん。私、あの頃から蒼クンならなれるって思ってたし、大きな賞をとったの知ったときはやっぱり！　って思ったもん」

「あ、そう。いや、そう言ってくれるのは、嬉しいけど」

尻尾を巻いて逃げ帰ってきたけどな。今も絵描きなことには違いないが。

「あまぶ……ええと、佑子さんは何やってんの？」

「佑子でいいわよ。今はねえ、ヤマハで働いてるわ」

「ヤマハ？　いいとこ行ったね」

ここ浜松では、ヤマハ、ホンダ、スズキ、静岡銀行、遠鉄のいずれかに勤めていればもう最有力派閥に入ったも同然だ。

彼女がそのあとに差し出した名刺は、ずいぶん擦れていて皺《しわ》が入っていた。ヤマハと本人は言っていたが、正式にはヤマハ関連会社であり、本当の社名は〈泉本《いずみもと》楽器グループ〉だった。

「おかげさまで、生活は安定しているわ」

それは佑子の恰好をみればわかることだった。そしてまたロングピースの煙を豪快に鼻から吐き出す。

「じつはお願いしたいことがあるんだけど。聞いてくれる？」

覗き込む佑子の顔は、返事を選ばせないだけの独特の力強さがあった。距離をさらに詰めてきた。彼女のひんやりとした肌が腕にくっつく。あまぶーにドキドキする日がくるとはね。高校時代の自分が聞いたらショック死するだろう。でもそれが真実だ。

人間というのは、時とともに少しずつくだらなくなる。くだらなくなったほうが生きやすい。そういうものだ。

あまぶーの官能的な唇が、耳元に近づいてきた。

甘い吐息が耳にかかる。

「私のヌードを描いてほしいの」

4

画家だというと、いろんな人間が自画像を描かせたがる。とくにＳＮＳで連絡を寄越してくる奴に多いのが、自分のヌード画の依頼だ。それも男女を問わない。なんでだか知らないけど、みんな脱ぎたがるんだ。そんなに服が窮屈なら、ふだんから裸で生きていればいいと思うんだが。

「ヌードっていうと、つまり、ええと、服は着ないわけ？」

「そう」

「悪いけど、写真とかを渡されて描いてなんていうのはお断りしてるよ。写真から絵を起こすのは、複写の複写みたいで嫌なんだ。このへんは画家によって見解が分かれるところだろうけどね。俺はしない。それと、これは素人に多いんだけど、ヌード画だろうと着衣だろうと、タダじゃないんだよ？」

　これまでに何度かしくじったことがある。知り合いに絵を描いてくれと頼まれて、ほいほいと描いたら、一銭も支払われなかった。絵にお金がかかるなんて思ってもいないんだろう。そのくせ死んだ画家の絵だけは何億と値段がついていてもありがたがる。

　だが、佑子はしっかりと頷いて見せる。

「任せなさいって。もちろんお金は払うし、写真じゃない」

「つまり、君は俺の目の前で脱ぐ覚悟があるんだね？」

これも多いんだ。ヌード画を描いてくれというわりに、土壇場になってやっぱり脱げないという人。こっちもスケジュールを空けて待っていたぶん、直前の変更は尊重するもののげんなりはする。

「なんなら、今すぐにでも脱いであげてもいいけど？」

「それはちょっともったいないな。いつにする？　浜松にいるあいだならいつでもいいよ」

本当のところ「浜松にいるあいだ」というのがどれくらいの期間をさすのか、自分でもよくわからなかった。

「じゃあ明日の午後はどう？」

「急だな」

「困る？」

「いや、困らないよ」

「お礼は五万でどう？」

「それだと、ドローイングだな」

「何それ？　スケッチのこと？」

「いや、スケッチよりディテールがあって質感や陰影が描き込まれている。色はつかないけどね。色付きがよければ過去の作品を持って帰ってきてるからそれ見てもらってからでも……」

「ドローイングをお願い」

「わかった。だいたい二、三時間ってところかな。時間はどうする？」

「昼の二時でどう？」

「オーケー。一つだけ聞かせてくれ」

「何？」

「何のためにヌード画を？」

「……いちばんきれいなときを、記録しておきたいの。納得？」

たしかに佑子はきれいになった。そして、二十代後半というのは、自分が下り坂に向かっているという錯覚を抱く時期なのかも知れない。それが錯覚だってことはジェシカ・ラングが証明している。

「君のきれいな瞬間を、しっかりと記録しよう」

この時は思わなかった。安請け合いを後悔することになるなんて。

もう少し冷静になれば、ヌード画を描かせる理由を尋ねた際の一瞬の間について、考える余地があったはずなのだ。

5

その後は調査に専念した。

フォンと仲のよかった女子数名に話しかけ、それとなくフォンの話に持っていき、何らかのコンタクトをとっていないかと探りを入れた。だが、誰ひとり連絡はとっていなかった。

ただ、萌愛《もえ》という地元で介護職をやってる子がこう証言した。

――フォンなら、ここに来る前にメイワンの谷島屋《やじまや》で地元の情報誌読んでるの見かけたよ。てっきり同窓会に来るんだと思ってたんだけど……。

目と鼻の先にフォンがいたのか――。それを聞き、即座に飲み会をいったん抜け出してメイワンに走ったが、時すでに遅し。フォンの姿はどこにも見当たらなかった。

しかし、とにかく浜松にまだいることだけはわかった。

――フォン、実家に帰ってるんじゃないの？

〈夜羅舞火〉に戻ると、萌愛はそう言って、むしろフォンの居場所を把握していないこちらを怪しんでいた。

フォンが実家に足を運んでいる可能性は限りなく低いだろうと思われた。でも、じゃあどこへ？　そう考えると、まずは実家を当たってみるのは調査の手順として間違っていない気がした。

でもなぁ……。

フォンを東京へさらった人間にとっては、足を運ぶには、少しばかり勇気のいる場所ではあるのだ。

綿毛のように覚束ない情報だけを手に、帰宅したのは十時過ぎだった。これだって、二次会の誘いを断って最速で帰った成果だったが、蘭都は帰宅した途端に顔を顰《しか》めた。

「安酒臭い」

「ヘドロを見るような目で見るなよ」

「ヘドロのほうがマシだよ」

よほど安酒の匂いがダメらしい。

蘭都は顔を顰めたまま、ミネラルウォーターをグラスに注《つ》ぎ、そこに香油を一、二滴垂らして軽く振った。

「これで口を漱《すす》げよ」

「何だよ？」

「ペパーミント精油を混ぜた。アルコール程度なら消してくれる」

いろいろ話したいことはあったが、奴の流儀に従わないことには一歩も先に進みそうになかった。蘭都はこういうところは頑固なのだ。

　十回口を漱ぎ、さらに全身にシトラスのアロマスプレーを浴びて、ようやくソファに腰を下ろすことを許された。それから、今日の唯一の成果、佑子のヌード画依頼の話をした。佑子のよれよれの名刺を眺めながら、蘭都が尋ねた。

「それで？　なんで引き受けたの？」

「なんでって……金になるじゃん……ちょっと……ネロリを止めろ……」

　いつの間にかネロリがソファによじ登ろうとしている。ここはガラパゴスじゃないんだ。そんな自由にされちゃ困る。

　笑いながら蘭都がネロリを抱き上げた。なぜかこの巨大モンスターは蘭都が抱き上げてもまったく抵抗しない。鶏よりも従順な顔をしている。

「たったの五万でドローイングを？」

「なんだよ、わるいか？」

「いや、べつに……」

　蘭都は何か言葉を飲み込んだようだった。そのままテーブルに置いた佑子の名刺を顔に近づけ、目を閉じた。

「クローブの香りがする。しかも、かなり濃いね」

「クローブ？」

「中世ヨーロッパでは、黒死病を防ぐために使われた」

「黒死病っていうと……ペストか」

「クローブは殺菌力において高い信頼を得ていた。実際にペストにどれほどの効能があったかは定かではないけど、当時のペスト医師はクローブやパームミントといったものを調合して用いていたんだ」

「ここは現代だぜ？」

「そう言えば、佑子、今日変なネックレスをしていたよね？」

「ん？　ああ、おまえも見たのか。何か、鳥の顔した男みたいなモチーフだったな」

「あれ、ペスト医師の恰好だ」

「え？」

「ペスト医師は、クローブをはじめとする香辛料をたっぷり含んだ嘴《くちばし》状のマスクをつけて施術に当たったとされている。あのネックレスは、ペスト医師をモチーフにしたものじゃないかな」

　蘭都の口調が熱を帯びているが、こっちはいまいちピンとこない。

「だったらなんなんだよ？」

「人間は死ねば等しく腐臭を発するけど、生きているあいだはさまざまな匂いを纏って生きる。そこには匂いの数だけ意味が生じるんだ。匂いってね、そもそも文化的記憶をもっているものなんだよ。ペスト医師の存在を知っていて、なおかつクローブを使ったということは、そこに佑子が魔除けの効能を求めていた、とも考えられるんじゃないかと——まあこれはさすがに考えすぎだろうけどね」

「考えすぎだろ」

現代に魔除けとは笑わせる。

「魔除けは大げさでも、お守りと考えたら、あり得そうだと思わない？ パワーストーンなんかを身につけている人が多いのと同じ。べつに魔術が絡んでるとは、僕も思わないけどね。ただ、何らかの覚悟みたいなものがあるのかな、と」

「覚悟って何だよ？」

「ペストは中世のヨーロッパで瞬く間に拡大し、町全体が滅んだところもあったほどだった。そんな世界で、治療に当たったペスト医師は、決死の覚悟をしていたと思うんだ。佑子はそんなペスト医師の覚悟に、自分の心境を重ねている……とかね」

「……絶対考えすぎだってば」

ふだん冷静なくせに、蘭都はアロマが絡むと妙に思考が先走りするらしい。

蘭都はネロリのざらついた背中を撫でると、「まあとにかく、好きなようにしなよ。ただし、あの倉庫は事前に掃除しといたほうがいいと思うよ。長らく使ってないからね」と言ってから自室に引き上げていった。

窓の外で、またアントニオ・ロウレイロの「リーヴリ」を口ずさむ声が聞こえてきた。下の店のスタッフは店を開けるときと閉めるときにこの歌を口ずさむことに決めているらしい。

蘭都が電気を消す。

遠鉄線の電車が通り抜ける音がする。

生まれ故郷で馴染まない匂いと音に囲まれている。その不思議に、早くも自分は慣れつつあるようだ。

6

翌朝目覚めると、まずフオンの実家を訪ねた。

彼女の実家のある駅南には、さまざまな外国人が暮らしている。その一画のベトナム人が多く住むエリアに、フオンと母親は暮らしていた。フオンが住んでいたのは、有名なベトナム料理店〈ホアンズ・キッチン〉の裏手にあるマンションだった。ただし実際に行ったことは一度もない。

そのエリアに入り込んだ瞬間、刺すような眼差しがそこかしこから飛んでくるのがわかった。こういうとき、ヘンに顔がメディアに出ているのはマイナスだ。このなかの数人はフォンと幼い頃から育った連中で、俺がフォンと付き合っていたことも知っているだろう。

「おい、誘拐犯、何しに来たんだよ？」

マンションの二階のベランダから声がかかる。左眉のない男がこっちを見下ろしていた。

「誘拐犯？」

見上げて問いかけたが、その声かけ自体が罠だった。よそ見をしている間に周囲を三人の背の高い男たちに囲まれてしまった。二階のベランダにいる片眉男が司令塔か。

「てめぇよくものこのことこのあたりに顔出せたな？」

「フォンの母親に会いたいんだ。部屋の番号知ってる？」

「は？」

「一週間前にフォンが突然消えた。心当たりを尋ねたいんだ」

すると途端に男たちは顔を見合わせ、笑い出した。

「おまえ、振られたのかよ？」

いちばん手前にいた男が白い歯を見せて笑う。

「……長めの外出だ」

「いやぁ、おもしれぇ……」

男たちはなおも腹を抱えて笑っている。朝からこんなに笑ってもらえるなら、コメディアンを目指してみようか。

「おい、グェン、おまえ案内してやれよ」二階の司令塔が言う。

「……ちょっと待った。あんたたちはフォンの行方を知らないのか？」

「なんで俺らが知ってるんだよ？」

「フォンは浜松に帰ってきてる」

男たちの顔に動揺が走る。

「……そんなわけねえよ。それならここへ戻ってくるはずだ」

どうかな、と思ったが、黙っておいた。それから、いちばん下っ端らしい青年が案内してくれることになった。同情ってのも時にはいいもんだ。

案内されたのは、マンションの五階だった。そこはフォンが育った場所で、一度もフォンが足を運ばせようとしなかった場所だ。

ドアを開けて青年が事情を話すと、フォンの母親が現れた。彼女は右手に包丁を、左手に大根を持っていた。調理の途中というより、わざわざ持って現れた感じだった。

「……娘を連れ去った男が私に何の用だい？」

「初めまして。あれはフォンの意思です」

「連れ去ったんだよ。あんたと出会わなきゃ、フォンはまだここにいた」

「あんたの娘は、自分の道は自分で決める女だよ。俺と出会ってなかろうと……」

「何の用かさっさと言いな！」

「……フォンが消えた。ここへ帰ってきてないかと思って」

「出て行け！」

母親は大根を投げつけてきた。お次は右手の包丁が頭の上を通り越した。彼女がドアストッパー代わりの煉瓦《れんが》に手を伸ばした時点でいよいよ身の危険を察知して逃げ出した。背中に男たちの嘲笑の声と、母親の早口のベトナム語が浴びせられた。

蘭都の家へ戻ってきてみたら、わずかに腕が大根臭かった。

こいつは我がアロマとは呼べまい。

7

アトリエにしていいと言われた倉庫の片付けを始めたのは十一時を過ぎてからだった。

なんだ、脅かしやがって。思っていたほど汚れていないじゃないか。そりゃそうか。きれい好きの蘭都が管理している倉庫なんだから。

片付けながら頭に浮かんでくるのはフォンの行方だ。思ったとおりフォンは実家とも連絡を取っていないし、かつてのソサエティ自体に近づいていないようだ。フォンは旧知の者とは連絡を取らずに浜松にいるのだ。あるいは、もういないのか？

今のところ、どこかの鰻屋で会ったというヤッさんの曖昧な情報と、萌愛のメイワンの谷島屋にいた、という情報だけだ。萌愛がフォンを見たのが昨日だから、少なくともその時点では彼女は浜松にいたことになる。それも、駅周辺に。

さまざまな雑誌類をひとまとめにして縛り、アロマオイルの古い壜を割らないように段ボールに詰めて一箇所に押しやると、そこそこのスペースができた。そこに、東京から引き上げてきた作品を置いた。蘭都の部屋に置くには場所を取りすぎると思っていたところで、ちょうどいい保管場所ができた。

モデルの立つ位置を確認し、自分の椅子をセッティングしてから、古びたオーディオの電源をオンにした。蘭都のオヤジのコレクションらしく、古いテクノミュージックのレコードが山ほどあった。

クラフトワークのジャケットが粋だったので、一枚を選んでかける。ウォーホル的な洗練されたポップなジャケットどおり、感情を伴わない音律が空間に漂ってくる。そうすると、どういうわけか、出かけていた汗が引っ込んでいく。

それから、事前に買っておいたコロナビールを開栓した。

ぷしゅっという音とともに、薄黄金色の液体が噴きこぼれた。

「まったく、楽園じゃないか、ここは」

フォンがいないという一点を除けば。

8

佑子が現れたのは、午後一時きっかりだった。

彼女は変装も兼ねているのか大げさな黒のサングラスをかけていた。リップは何かのシンボルにでもなろうとするかのように濃く塗られ、肉感的な唇が強調されていた。

首には、やはりあのネックレスが光っている。ペスト医師だと蘭都が言うから、禍々《まがまが》しいものに見えるようになってしまった。

「画伯、さっそく始めよっか」

ふつうは画家からかけるべき言葉を、佑子から積極的に出してきた。また脱ぎっぷりがいい。グラビアアイドルのように惜し気もなく堂々と服をソファに脱ぎ捨てていく。ちょっとした女傑だ。

佑子の身体は弦のように張りつめ、あらゆる動作にも一切の弛《たる》みを見せない。隠れた筋力が、柔らかな曲線にエネルギーを与えているのだ。セザンヌの描く静物画みたいに、細部に至るまで計算し尽くされている。

スケッチブックを手にとり、鉛筆を動かし始める。筆をとってみようと思うこと自体、久々だった。いつ頃からか、衝動抜きで義務のように筆をとってきた。もちろん、そんな状態でいい絵は描けない。

「ポーズは？」

「君に任せる」

「わかった」

佑子は敬礼でもするみたいにきびきびと動く。表情のバリエーションも百貨店並みに豊富だ。プロのモデルだってなかなかこう自然にはできない。ときに艶《なま》めかしく、ときに少女のように可憐に。どの瞬間にも、ある種の緊張と解放が同時に存在していた。

もっとも感心したのは、ヌードの難しさを彼女の身体がよく理解していた点だ。彼女の中にあるわずかな躊躇《ためら》いや恥じらいが、あるいは失われた過去との決別のようなものが、よい緊張感をもたらしていた。

強さと弱さとが綯い交ぜになった瞳。拭い去れないコンプレックスと、その痕跡を見せまいとするフィジカルの魅力。その内面と外見のアンバランスさこそが、彼女というモデルの最大の魅力となっていた。

「そのままで」

佑子が背中を見せて立ち、長い髪を両手で持ち上げたところで、静止を求めた。ほっそりとした背中の、隆起した広背筋から脊柱ラインにかけてが翼をもった花のようだった。その背中のラインからわずかにはみ出して見えている乳房が、静かな存在感を放っている。

その膨らみを4Bの鉛筆で再現する時、ふとフォンの乳房を思い出す。最後の日、彼女はベッドで煙草を吸っていた。そして、それからどうしたのだっけ。気《け》怠《だる》い仕草で俺を振り返り——。

余計なことを考えるな。目の前の絵に集中しろ。

頭の中からフォンを追い払う。だが、簡単にはフォンは去らない。

「わるい……ちょっと十分休憩したいんだが」

「煙草吸っていい？」

「いいよ」

彼女は軽くシャツに袖を通し、ボタンは開けたままでロングピースをポーチから取り出した。くわえた煙草に火を点け、煙を鼻から吐き出す。天晴《あっぱ》れな吸いようだ。

「鼻から煙を吐く女は初めて見たよ」

「オヤジ臭いでしょ。昔から決めてたの。いつか美人になって思いっきりオヤジ臭い煙草の吸い方してやろうって。そうすると、男の人、困惑するでしょ？」

「困惑させたいのか？」

「私なりの復讐……かな」

曖昧に頷いておいた。わかるような気もするし、まったくわからない気もした。

「絵を描くって、きっとエネルギーを使うことなのよね」

「まあね」

嘘だ。こんなのは本当は朝飯前だ。エネルギーが要るのは、描きだすまでだ。

「ここにあなたのエネルギーの結晶たちがいるのね？」

彼女は室内をうろうろとした。壁際の木製棚に黒い布をかけた作品群がある。棚に入るサイズのものは棚に。大きいサイズのものはその脇に立てかけてあった。

「見るのはご自由に」

「いいの？」

「もちろん。売り損ねた絵だ」

これも、いずれは西さんのところに持っていくことになるだろう。西さんならどうにか売りさばくに違いない。

佑子が咳払いをした。掃除したての部屋はわずかに埃っぽい。喉を潤してやる必要がありそうだった。

「ちょっと飲み物買ってくる。何がいい？」

「あら、ありがとう。それじゃあ……そうね、レモンティーをお願い」

「了解」

「ねえ、絵を描いたら、そのあとはどうするの？」

「そのあと？」

「少しはゆっくりできる時間があるの？」

ゆっくり――。

「ああええと……そうだな、うん、久々だし、積もる話もあるしな」

二十八ともなると、ロマンスエンジンにも少しずつ錆がこびり付き始めるらしい。

鼻から煙を吐く女っていうのはどういうセックスをするものなんだろうか？　そんなどうでもいい疑問が脳裏をよぎった。

「しかしまあ、何もしねーだろ」

財布をもって外に出ながら、呟いた。経験上、ただのセックスほど高くつくと知っている。さて、余計な下心を消し去ってくれる自販機はどこだ？　まだ土地勘の戻らない浜松の街を彷徨《さまよ》いだした。

結局、自販機なんてありきたりな代物を探して戻るまでに十五分ほどかかった。自販機が思いのほか近所になかったのもあるが、ようやく見つけた一つ目の自販機にレモンティーが売っていなかったのだ。今さらストレートティーでいいかなんて尋ねに戻るわけにもいかず、仕方なくべつの自販機を当たった。

自販機でドリンクを買うこと自体久しぶりだった。フオンは自然趣向の女だった。ヘビースモーカーのくせに、いつでもオーガニック素材のものを決まった店で選んでいた。その影響で、自分もまた自販機を利用することがなくなっていたのだ。いざ自販機を目の前にしてみると、ペットボトルや缶の自己主張の強いデザインのせいで、味の濃さまでがたちまち想起されてしまった。まあいいか。自分が飲むわけじゃないし。レモンティーのボタンを押すと、次いで自分用にはミネラルウォーターを買った。

戻るあいだは、佑子がモーションをかけてきた場合の、なるべく紳士的な断り方について考えた。考えれば考えるほど断っている自分が嘘くさく思えたが、何事も為せば成るか、と適当に結論付けたところでガレージに到着した。がらがらとやたらやかましい音をたてる引き戸を開けて中に入り、またがらがらと戸を閉めた。

「悪いね。時間かかっちゃ……って。あれ?」

室内を見回す。クラフトワークが何周目かの「アウトバーン」を演奏しているところだった。音楽は何事もなかったように無機質に流れ続けている。

まとめた雑誌も、小壜もそのまま。ドローイング中のスケッチブックも。

だが——佑子が消えていた。

それに——。

壁にかけておいた大きいサイズの絵も。しかも、もう二度と描けないやつだ。フォンの背中を描いた絵が、盗まれたのだ。

その時になって、蘭都の言葉を思い出すことになった。

――佑子はそんなペスト医師の覚悟に、自分の心境を重ねている……とかね。

その言葉が、今日の出来事を予言していたように思えた。

「覚悟……か」

佑子の覚悟。それはどんな覚悟だったのだろう？

9

「蘭都……急用だ……」

二階の〈オフラン〉のドアを開けたところでそう小声で呼ぶ。奴の姿は見えないが、いつもより数段穏やかな声で客に話しかけるのが聞こえる。

「少々このままお待ちいただけますか？」

やがて、仕事着姿のまま蘭都がやってきた。

「仕事中だぞ？」

店の入口脇にある螺旋階段を先に上り始める。同じフロアで話していい内容でもない。

「あまぶーにやられた」

「……どういう意味で？」

「絵だよ。俺のいちばん大切にしている絵をアイツ、盗んでいきやがった」

「ふうん。怪盗あまぶー参上ってわけか」

「なに楽しんでんだよ？　こっちはたいへんなんだからな！」

「ごめんごめん。まあでも、そんなことじゃないかと思ってたよ」

三階に上がると、蘭都はグラスにミネラルウォーターを注いで飲んだ。それから、ふふっと笑いながらぼんやりと窓の外を見た。

「おまえ、この展開が予想できたっていうのか？」

「予想はできてないけどね。何が起こってもおかしくないとは考えてた。君が同窓会に来る知らせ一つで欠席するつもりだったのにわざわざ現れたんだからよほどの事情だろうなって」

「もう少し強めにヌード画なんかやめとけって止めてほしかったな」

「でも作品を持ち帰ってることまでいつ調べたんだろうね？」

「俺が飲みの席でポロッとしゃべった気がする……」

「自業自得じゃん。連絡先は聞いてないの？　そういうのは最初に聞いておいたほうがいいよ」

「もちろん聞いておいたさ。でもつながらないんだ」

ガレージの状況を確認後、すぐに電話をかけたが、おかけになった電話は現在使われていないのだそうだ。

「そうなると厄介だね。君も知ってのとおり、浜松は案外広い」

「……知ってるよ」

佑子が姿を消してすでに二十分が経過している。それだけあれば、市街地から浜名湖あたりまで車で飛ばせるだろう。

「どこかのコインパーキングに車を停めていれば、あっという間に遠くへ飛び去れる。でも持ち去ったのが、金じゃないってのは救いかもね」

「なんでだよ？」

「金ならすぐに両替できるが、絵画は両替できない」

「……うまいこと言ってんじゃないよ」

「いや、事実」

「んぁ？」

「しかし、不思議だよなあ。君の絵なんて盗んでも意味がない。まずもって売れないし」

「おい……」

「売れるの？」

「いやぁ……どうかな。売れないかな……」

「だろ？」

「おまえには人を思いやる心はないのか」

「で、どういう絵なの？」

「女の背中を描いた絵だよ」

「女って？　どういう？」

「しつこいねえおまえは。フォンだよ！」

「ああ。それでそんな必死なわけね。理解」

　こんな言い合いをしている場合ではないのだ。

「それにしても、もしも俺が途中で部屋を出なかったらどうするつもりだったんだろうな？」

「長丁場になれば必ず休憩はとるだろ？　彼女、君が外に飲み物を買いに行くように仕向けたなんてことはない？」

「そう言われてみれば……」

　佑子が咳払いをしなければ、飲み物を買いに行こうとは思わなかった。それに、レモンティーを望んだのは、あらかじめ近くの自販機にないことを調べたうえでのことだったとも考えられる。遠くへ足をのばせば、そのぶん戻ってくるのに時間がかかる。

「まあ、どのみち今頃、金にもならないものを盗んだことを後悔しているだろうな」

「泣いてるかもね」

「泣くまでしなくていいだろ」

蘭都はおかしさをこらえきれないといった調子で含み笑いをしている。本当に嫌な奴だな、コイツ。

「おっと、僕はそろそろ戻るよ。お客さんを怒らせたらまずい」

「ああ……って俺はこれからどうすりゃいいんだよ？」

「君はいっつも他人《ひと》頼みだなぁ。佑子の行動原理をつかむしかないんじゃない？　なぜ君の絵を盗んだのか。あるいは、なぜ君の絵を盗むような無茶をするほど、彼女は必死なのか」

「……サラ金にでも追われてるのか？」

「そういう具体的な理由なら君はカモとして小さすぎるね。さあ、僕は戻る。あとは自分で考えて。僕なら、ふりだしに戻るね。彼女は君の絵を盗んだ。で、君の手元に彼女は何を残した？」

「佑子が俺に……？」

佑子が残したのは、よれよれの名刺と描き途中のドローイング。

なるほど、捜索の手がかりがまったくないわけでもない。

「幸運を祈るよ」

階段へ向かう蘭都を押しのけて走り出した。

「サンキュー、蘭都。夕飯までには戻れないかも知れない」

こういうことは早いほうがいい。

外へ出ると、外は夕方に向けてわずかに涼しさを増していた。〈未来世紀ＢＺ〉のスタッフらしき男性と肩がぶつかりそうになった。

「オット、ゴメンネェ！　……アレ？　蒼サン？」

「……バロン？」

驚いたなんてものじゃない。高校時代、まだ中学生のプチ・ヤンキーだったコイツがトンネルでタギングを描いていたのを止めたことがあった。まさかこんなところで再会しようとは。

バロンはヒューッと口笛を鳴らした。

アントニオ・ロウレイロの鼻歌の正体はコイツだったようだ。

10

「エ、コノ三階ニイルンスカ、マジッスカ?」

「マジだよ。おまえ相変わらず日本語下手クソだなぁ」

すると、バロンは急に声を落とす。

「いやこれわざとっすよ。決まってるでしょ。片言にしといたほうがお客さん受けがいいんすよ。店主も日本に慣れてないのかと思って優しくしてくれますし」

「急に流暢にしゃべりすぎだ」

「フォイ・マウ」

たしか〈ごめん〉って意味だったか。前にも聞いた気がする。

「もしかして蒼さんって蘭都若のマブダチっすか?」

「蘭都若……ってことはおまえ……そっちに入ったのか」

小吹組の人間でなければ、蘭都若なんて言い方はしない。バロンはなぜかシーッと人差し指を口に当ててる。

「俺が組員だってことは蘭都若には内緒っすから。蘭都若は俺のこと、ただのバイトのブラジル人だと思ってるんすよ。俺、組長に頼まれて若の護衛をしてるんす」

アロマテラピストに危険が迫ることなんかなかろうに。

「あ、そうなの？　まあいいや、今度食べに行くよ」

　こいつは意外と使えそうな奴が手近にいてくれたもんだ。

「ヨロシクオ待チシテマース。チャオ」

　手を振ってバロンと別れ、駅へ向かって歩き出す。

　手がかりは先日渡された名刺と、ポケットにしまい込んだ描きかけのドローイングだ。骨格は描き終えている。絵を見せるだけでも、目撃者情報を募ることはできるだろう。

　まずは、名刺のほうから後を追いかけてみることにした。中区にある〈泉本楽器グループ〉の本社ビルを訪ね、そこで彼女の所属部署の上司にコンタクトをとった。

　五分ほどして出てきたのは、Ｙシャツのボタンを一番上まで留めて、首の肉を圧迫している自殺志願の男だった。

「こんにちは。天笠佑子さんのお知り合いの方ですね？　彼女なら五年前に退職しておりますが……」

「五年前……」

「就職して二年とかそこらでしたかね」

「退職するには早すぎる印象ですが、何かあったんですか？」

「……ちょっと取引先でいろいろありましてね」

「というと？」

「いやはや……プライベートな問題ですけどね」

笑ってはぐらかしてるが、下手くそだな。男女のいざこざか？　本気で誤魔化す気があるようにも見えない。他人事だからか。

「それで、会社にいづらくなったってわけですか？」

「ええ……彼女、どうかしたんですか？」

「いや、ちょっと今度同窓会を開こうと思ったものですから」

「彼女なら姓名がもう変わってるんじゃないですかね。なにしろ、退職後すぐに披露宴の招待状が届いて驚きましたからね。出席できませんでしたが」

「え？　退職した直後にですか……？」

「その前から彼女は異様なくらい結婚したがってましたからねぇ。とくに、うちの会社がヤマハの関連会社じゃなくなってからは」

「ん？　〈泉本楽器グループ〉はヤマハ関連会社じゃないんですか？」

「彼女が入社して間もなく、独立することになったんです。彼女にしてみれば、ヤマハ関連会社に就職できたっていうのは大事だったんでしょうね。がっかりしてましたねぇ。それからですよ。やたら婚活サイトとかで情報集めるようになって」

「結婚に夢を見てたってことですか？」

「夢っていうか、ですね……あれは執念ですよ」

佑子の生命力の漲《みなぎ》った目を思い出す。だが、彼女は結婚で具体的に何を取り戻したかったのだろう？　漠然とした夫婦という名の幸福なのか？　それとも――。

「わりと社内でも方々に色目を使っていましたねぇ。かく言う私も……」

これが言いたかったんだろうな。半径五十メートル以内に近づけたくないタイプだが、この際、もらえる情報はもらっておけ。結婚相手の名前だけ教えてもらって礼を言って会社を後にする。

なんとも言えない後味の悪さが口の中に残っている。何だろう？　天笠佑子が周りからどう思われていようと、自分が憤るいわれはないのだが――。

上司の男に教えられた結婚相手の男の名前は粟島龍平《あわしまりゅうへい》。小さな楽器店の店長だった。駅前から電話をかけると、「はい、粟島管楽器店です」と不機嫌なだみ声が電話口に出た。

「店長の粟島龍平さんはいらっしゃいますか？」

「私ですが……？」

「佑子さんの旦那様でいらっしゃいますよね」

電話の向こう側の声が怪訝《けげん》な調子に変わる。

「彼女とは一年前に離婚しましたよ」

「離婚？」

「彼女に何か御用ですか？」

返答次第では電話から飛び出てきて殴られそうだ。

「彼女に頼まれて絵を描いたんですが、住所を聞き忘れましてね。絵を届けたくても届けられず困っているんですよ。作画料もいただいてませんし」

「へえ……佑子が絵を？　おいくらなんですか？　あなたは私に金をたかりにきたわけでしょう？」

「は？」

「いくらなんです？　こちらで払いますよ」

「いやちょっと……離婚されているあなたに払ってもらおうなんて思うわけがない。ただ単に今も結婚していると思ってご連絡したまでですよ」

すると、彼は特大のため息をついた。

「汚点ですよ」

「え？」

「僕の人生の最大の汚点なんです、彼女との結婚は。だから、困るんですよ。彼女に関する話題が出るだけで迷惑なんです。何の意味もない結婚でしたから」

「何の意味も……」

「もうこれでおしまいにしてほしいんです。お金をお支払いして済むなら、それがいちばん平和的解決ですから」

「……もう結構です」

この男に何を言っても無駄だろう。こういう男は、何でも金で解決できると思っている。佑子もまたこんな男と結婚してしまった被害者の一人なのか。

「時間をとらせてすいませんね。失礼しまーす」

「何ですか、その態度は」

「次、もしも佑子さんに会うことがあれば伝えておきます。再婚するなら何でも金で解決できると信じてるような男はやめろってね」

「あんたに何がわかる？　こっちはハズレをつかまされたんだぞ？」

「ハズレ……？」

「不妊治療にも行かせたのに、効果はゼロ。まったく、何のために結婚したんだかわかったもんじゃ……」

ほとんど反射的に通話を切っていた。直接話を聞いていたら、間違いなく殴っていた。

通話を終了してもしばらく次の行動に移れず、ただひたすら駅前通りをぼんやりと眺めていた。昔ながらの商店の中には、つぶれた店もあるようだ。かつての複合施設〈フォルテ〉は解体され、いつの間にやら〈遠鉄百貨店新館〉に変わっていた。

もう自分の幼い頃のことを思い出そうにも、記憶が薄れすぎているが、やはり市街地は以前とは変わったのだ。

この街で、佑子はいくつかの恋をし、おそらくは恋とは無縁の安定を求めて結婚をした。

しかし、その相手は、パートナーではなく子どもが欲しかっただけなのだ。

あの栗島という男は、別れに際して佑子にどんな言葉を吐いたのだろうか？　その言葉が彼女の心を抉《えぐ》ったことを想像すると、口の中にうっかり魚のワタでも入れたようないやな苦みが広がった。

11

「暗いね。恋人がメデューサだったみたいな顔してる」

存外早く帰れたので、蘭都と二人でパスタを作る羽目になった。こっちがパスタを茹でているあいだに、蘭都がアサリとアスパラを白ワインで炒めた。茹で加減を厳密にしたおかげでアルデンテのこれ以上ない仕上がりのパスタができたが、それでも今日の出来事を思い返すと、まったくいい気分にはなれずにいたところを蘭都に指摘された。

メデューサって何だよ？

「ティートリーをキャリアオイルに垂らして頭に塗り込むといいよ」

「あ？」

「頭の中がわりとすっきりするから」

「いらねえよ」

「風呂上がりにでもやりなよ。どうせ悩みは十秒後に消えてなくなったりしないんだろ?」

「っていうか、なんで何も聞かねえんだよ?」

「聞いても言わないだろ。成果ゼロって顔だもん」

「おまえ客に嫌われてんじゃねーのか?」

「好かれてるよ」

らしいな。今日、帰り道にBOOKアマノアクト北店に入ったら、地元の情報誌に特集を組まれていた。〈アロマの貴公子〉だってさ。ホスト並みにライトを当てて撮られたような写真が掲載されていたのはちょっと笑った。

「おまえんとこって、女性の客とか多いだろ」

「多いよ」

「女の人にとって、子どもができないから別れようって言われるのってやっぱりつらいことだろうなぁ……」

「そりゃあそうだろう。佑子は妊娠が難しい身体だったの?」

「ん……まあ、何というか……」

曖昧な返答になったのは確証がないからというだけではない。佑子が抱いていたであろう絶望が、背中にどんよりと張り付いていた。それから落ち葉を拾うみたいにして、少し時間をかけて調査の結果を伝えた。

「香りは生への渇望を示す。ペストでほとんどの村に死が訪れるなかで、人々が香りにすがったようにね」

「またアロマかよ」

「まあ聞きなよ。佑子が結婚したくて必死だったこと自体には、深い考えはなかったかも知れない。ある年齢に達すると、結婚のことで頭がいっぱいになる人はいるものだからね。でもその彼女がようやく手に入れた夢の先は、崖になっていた。

見た目の災厄の大小は比べられない。中世の人々が黒死病に壊滅させられそうになっていたように、きっと佑子も自己崩壊の危機にあった。彼女はペスト医師のネックレスとクローブの香りを手に、生きる方法を必死に探しているのかも」

「大袈裟だよ……とは言えねえか」

実際、佑子の身に起こった出来事は悲惨と呼ぶ以外にはない。そこから立ち上がって生きようとする佑子は、強い。佑子がヌード画のモチーフとして強かったわけだ。

「そいつ、重くねーの？」ネロリを指して言った。

「ん？　重さ？　考えたこともないね」

愛情深いんだか鈍いんだか。

ポケットでスマホが鳴ったのはその時だった。

電話は画廊〈西陽絵画〉の西さんからだった。

「おう、突然ごめんよ？　セックス中じゃなかった？」

「違いますね」

「そいつは残念。ちょっと耳に入れといたほうがいいかと思ってね。おまえの絵が、うちに売りにこられた」

「……へえ？」

珍しいことじゃないだろう。一応画家だし、自分の絵を所有している誰かが、画廊に売りにくる。ない話じゃない。

だが、世の中にはタイミングというものがある。

「それって、もしかして……女の背中を描いたものですか？」

「なんでわかった？　でも、報告したいのはそんなことじゃない。その絵を売りに来たのがじいさんなんだが、どうもおまえの絵を〈あさまゆう〉とかいう名前の画家だと思い込んでたんだ。妙だろ？」

「あさまゆう？　誰っすか、それは」

「さっきネットで調べてみたが、そんな画家はいなかった」

「……つうか、その絵にサイン入れてないんですけど、どうして俺の絵だってわかったんですか？」

「何年おまえの絵を見てきてると思ってるんだ？」

「そうっすね……」

この人の絵を見る力は確かだ。なのになんであんなインチキ商売ばっかりやってるんだか。

「とりあえず、絵を見に行っていいっすか？」

「いや、うちにはもうない」

「え？」

「〈あさまゆう〉なんて聞いたこともない画家の絵は買えないって伝えたからな」

「ええ？　ちょっと……」

「あ、でもそのじいさんの連絡先は聞いてある。住所も書かせた」

「さすが」

「盗難の可能性もあるからな。最初はいかにも買い取るふうを装って住所を書かせた。で、途中で契約を取りやめたら、じいさん怒っちゃって紙を破り捨てて大変だったぜ？」

まあそりゃそうなるだろうさ。

「じゃあ結局、連絡先は……」

「紙の下に感圧複写紙挟んだからばっちりだよ」

それから、西さんは老人の連絡先を読み上げた。

「鹿谷町か……〈あさくま〉のあるほうですね」

「そうそう。今頃自宅に帰り着いて腹を立ててる頃だろう」

「ありがとうございます」

電話を切ると、ふたたびパスタをフォークに巻き付けながら「というわけだ」と蘭都に言った。

「聞いてたけどさ。まさか今から行くの？　鹿谷町に？」

「車が便利だよなぁ、あの辺行くなら」

「え、それ何、もしかして僕に車出せって言ってる？」

蘭都は特大のため息をついた。だが、コイツは動いてくれる。このちょっと見薄情な男は、なんだかんだ言ってこっちの願いを拒否したことが一度もないのだ。

12

「運転免許とったほうがいいよ。この街で暮らす気なら」

「まだ暮らすとは決めてねえよ」

「往生際が悪いね」

今後も免許をとる気はない。自分が運転に向いている人間だとも思わないし、そんなに不自由も感じていない。市街から出ることなんて、これからもそんなにないだろうし。

蘭都の運転は几帳面な書店員のかけるブックカバーみたいにじつに丁寧だった。

絵を売りに来たという老人の住所は犀ヶ《さいが》崖《がけ》の裏手あたりだった。

犀ヶ崖には、その昔徳川軍が布をかけた橋の罠を張って、突っ込んで来る武田軍はそれに気づかずに次々崖下に転落していったという武勇伝なんだか残酷譚なんだかよくわからない歴史がある。

「そのじいさんのところに乗り込んでどうするの?」

「わかんねえよ。何も決めてない」

「計画性がないなぁ。そういうの考えてから行動しないと、痛い目に遭うよ」

「前向きに検討するよ」

「そうしたほうがいいね。着いた。ここだよ」

蘭都が車を停めた。三村《みむら》という表札を確かめる。西さんによると、その老人の名は「三村聡《さとし》」というらしい。かなり大きな屋敷だった。まあ絵を買うくらいだからそれなりの小金持ちだろうとは思っていたが、屋敷に絡まりついた蔦《つた》の具合からは、あまり手入れがされていないことが窺えた。じいさん一人で住んでるのか？

時刻は夜の九時前だ。門から中を覗く。草木が生い茂り、今にも屋敷全体を飲み込もうとしているかに見える。少々廃墟の香りすら漂ってくる。

門のところにはインターホンは見当たらなかった。

意を決して門扉を潜り、膝丈まで伸びている雑草をかき分けながら進んでいく。と、左手に中庭があり、その奥で居間のあたりから明かりが洩れている。いや、それだけじゃない。何やら縁側に人影が見える。

「こんばんは」

おそるおそる声をかける。蘭都は我関せずを決め込んで隣に突っ立ったまま一言も発しないのかと思ったら、小さい声で「山椒《さんしょう》か」と呟いた。

何事かと思えば、なるほど、鰻の濃厚なタレの匂いに混じって、たしかに嗅いだだけで舌が痺れそうな山椒の匂いが漂ってくる。

じいさんは縁側に座って鰻の蒲焼きを肴《さかな》に呑んでいるところだった。大きな目と少ない白髪が闇の中で不気味に光る。何も返事を返さないところをみると、こっちを不審者だと思っているらしい。それもそうか。時間が時間だ。

「夜分遅くにすみません」

「営業ならお断りだぞ」

想像よりはっきりした声でじいさんは言う。この年齢で訛りがないのは珍しい。転勤族がそのまま住み着いたパターンか。

「違うんですよ。ちょっと絵のことでお聞きしたくて」

絵という単語に反応したのか、間があった。

「……あんた何者だ？」

「先ほどはうちの社長が失礼しました。画廊〈西陽絵画〉のスタッフです。ここだけの話、うちの社長は絵の価値がわからないんですよ。それで、社長から話を聞いたらどうにもその絵を見たくなりましてね……」

「今さら遅い！」

じいさんはよほど怒ったのかその場に立ち上がると、食べかけの鰻を庭先に投げつけた。もったいねえな。だが、この場はじいさんの怒りを鎮めるのが先決。その場に土下座した。

「お願いします！　もしかすると、偉大な浜松出身の芸術家、濱松蒼の絵である可能性があるんです！」

「……誰だって？」

「はままつ、あお、です」

「知らん」

だろうとも。後ろで蘭都が笑う声がする。覚えとけよ。

「そんなに見たいなら……上がってきな。話を聞いてやる」

「ありがとうございます」

立ち上がって縁側まで進み、靴を脱いだ。蘭都もやれやれといった調子であとに続く。もう少しやる気を見せろよ、関係ないだろうけど。

じいさんは一度奥に引っ込むと、ものの数秒で絵をもって現れた。何にも包まれていないし、絵の表面に手が触れている。やめてくれと内心で叫び声をあげつつ、手袋をつけた手でそれを受け取った。

「これは……」

大げさに驚いてはみせたが、一瞬であの絵だとわかった。

「失礼ですが、この絵をどこで手に入れられたのですか？」

「どこだろうとあんたに関係なかろう」

「盗品ですと、買い取ることができないのです」

「その絵に価値があるのか？」

「価値はあります」

あるはずだ。

「いくらで買い取れる？　百万か？」

「いや、そこまでは……」

自分の絵がいまどれくらいの値段になるのかなんて自分で考えるのは野暮《やぼ》だ。値段をつけるのは俺の仕事じゃない。

「盗品じゃないぞ。人からもらったんだ」

「どなたからですか？」

「以前、喫茶店で偶然となりに座った美大卒の女の子だよ」

「美大卒の女の子……？」

佑子のことだろうか。美大卒というのは真っ赤な嘘だろう。

「思いつめた顔をしてるから、ねえちゃん芸術家みたいな雰囲気だなって話しかけたんだよ。そしたら、じつは画家だって言うじゃないか」

「その女性とお知り合いになられたのはいつ頃ですか？」

「今から一年くらい前だな」

ちょうど佑子が離婚した時期と一致する。

そこから、三村の長い話が始まった。

13

「定年後の老人なんてのは暇貴族みたいなもんだ。時間だけは心臓が止まるまでたっぷりあるが、金は日々少しずつ減っていくだろ？　年金っていったってスズメの涙だ。ただ、貯蓄はある。死ぬまで暮らすぶんくらいはどうにかなるんだ。それをどう使うかは、個人の裁量だから、俺はその娘《こ》に投資してやりたくなった。何度か会っては食事を奢ってやったよ。売れない画家なら日頃から大したものを食べてないだろうからね」

「実際に彼女の絵を見たことは？」

「いや。スランプでずっと描けない状態が続いていると言ってたな。過去の作品はぜんぶ売れているから、手元にはない、とも。それが、昨日ひょっこり、昔の絵が眠っていたのを思い出したと言って持ってきたのさ」

「昔の絵？」

「なんでも、自画像だっていう話だったが」

フオンの背中を自分のものと偽ったのか。

「それで、その絵を買い取ってくれないかと言ってきたんですね？」

となりから蘭都が尋ねた。じいさんは頷いた。

「いくらを提示されたんです？」と重ねて尋ねる。

「十万」

安い。涙が出るほど安い。おいおい佑子、やってくれたな……。

「それで十万支払ったんですか？」

「いや、そんなには出せないと伝えた」

がっくり膝をつきそうになる。聞いたか。我が絵は十万の価値もないとさ。

「結局、三万で妥協してもらえたよ」

俺は財布を取り出すと、その場になけなしの三万を置いた。これで文字どおりのすっからかんだ。まさか自分の絵を自分で回収することになるとは。

だが、じいさんはその三万を受け取らなかった。

「いいんだ。あんたにやるよ。タダで」

「いや、そうはいかないですよ。三村さんはこの絵を三万で買い取った。最低でも三万円は出さないと」

「彼女にやったんだ。絵に払ったんじゃない。絵は、どこがいいのかちょっとよくわからなかったからなぁ。ただ、彼女が脱いだら魅力的なんだってことを知れたのはよかった」

ただのエロじじぃじゃねえか。でもそんなエロじじぃでも矜持《きょうじ》があるらしい。

「あさまゆうってどんな字書くんですか？」

「浅い間、ゆうは平仮名だ」

浅間ゆう、か。

佑子は自分の名前〈天笠佑子〉を並びかえてペンネームを創ったのだ。

　画家だと身分を偽った時点で、彼女は何を考えていたんだろうか？　たぶん、ただ嬉しかったのだろう。誤解しているとはいえ、自分に手を差し伸べようとする人がいる。つかの間、その好意に甘えていたくなった。それで、嘘が止まらなくなった。

　そのうえ、じいさんは生活を支援したがった。ちょうど離婚した時期で、経済的に困っていた佑子は、じいさんの勘違いをこれ幸いと思ったんだろう。

　それが――今回の一件にどうつながる？

　ご飯を奢られていたのとはワケが違う。最初は俺に適当なスケッチでも描かせて、それを自作と偽る程度の小さな計画だったのが、俺が絵を持って帰ってきてると聞いて気が変わったってことか。絵が盗品だと露見すれば、彼女は捕まってしまうのに。そんな危険を冒してまで一時的に三万を手に入れて何になるっていうんだ？

「だから、その絵はあんたらにやるよ。もともと金に換えたかったわけじゃないんだ」

「じゃあなぜ画廊に……？」

「浅間ゆうが本当に存在するのかどうか。俺が知りたかったのはそれだけだよ。画廊の反応ですぐにわかった。そんな画家は存在しないんだってことが。いいさ。騙されてやったんだ。三万はあの子にくれてやったのさ。あの子とご飯を食べてるあいだは、本当に楽しかったわけだしな」

「悔しくないんですか？」

「悔しい？　いや、ぜんぜん」

じいさんは佑子を思い出すように穏やかに微笑んだ。

金歯だらけの歯が、眩《まぶ》しかった。

それから不意に表情のない目になって呟いた。

「もうたぶん会えんだろうな。はぁ……こういうの、何て言うんだろうな？　遠州弁だと、やっきりこくってやつか」

やっきりこく……久々に聞くその言葉のニュアンスが身体に染み込むのにしばらくかかった。〈イヤになる〉とか、そんな感じだ。

じいさんは渋い顔で酒を飲み干した。

14

「この一件は、金が絡んでるけど、その本質は金にはないんだろうね」

蘭都が運転しながら呟いた。

「なぜそう思う？」

「本気で金が欲しいなら、君の絵なんて価値が薄すぎる」

「これ以上俺の自信を砕くな」

蘭都はまたけらけら笑う。いつか中田《なかた》島《じま》砂丘に埋めてやる。

「……で、おまえどこに向かってんの？」

「浜松駅」

「……俺は東京に戻る気はないぞ」

「君じゃないよ。この街はだだっ広いけど、情報の伝達は一瞬なんだ。こんな出来事があっていつまでも逃げられるほど甘くはないよ」

「つまり、佑子が市外へ逃げようとしてるってのか？」

「たぶんね。魔除けをしている彼女は、まだ生きようとしているはずさ」

ほんの些細な香りを手がかりに、コイツは今回の一件を予見していた。いまの発言だって信じない手はなかった。

蘭都は駅のパーキングに車を停めると、早足で車から降りた。

「急ごう。新幹線の下りも上りもあと二十分以内に出発する」

「東海道線かも知れない」

「可能性はあるね。でも僕が彼女なら、できるだけ遠くに行こうと考える」

だから新幹線か。

「もうとっくに逃げた後かも」

「それ、考えてもしょうがないよね？」

違いない。とっくにいないからって、いま走るのをやめるわけにはいかないんだから。券売機で入場券を買うと、自動改札機を通り抜け、新幹線ホームを目指した。

まずは下り名古屋方面行き。しかしそれらしい姿はない。

反対側のホームにも、やはりいない。

すでに前の便で行ってしまったのかも知れない。

諦めかけたときだ。反対側のホームの喫煙ルームのドアが開き、中から赤縁の眼鏡をかけた女が颯爽と現れた。

「あ……」

思わず声が出た。

それに反応して振り向いた佑子は、即座に状況を判断して逃げ出した。

15

仕事がうまくいかずにピリピリして些細なことで手を上げる父から逃げ回っていたせいか、昔から足だけは妙に速い。追いかけっこなら大概の人間に負ける気がしない。まして、男女では体力差もある。

佑子をつかまえるのは造作もないことだった。

彼女が階段を駆け下り、改札のほうへと必死で逃げようとしているのを、ヤマハの無人演奏ピアノの前でどうにか背後から肩を叩いた。痴漢だ何だと叫ばれたらアウトだな、と内心で冷や汗をかいていたが、抵抗せず止まってくれたのは、こうなることをある程度予測していたからだろうか。

「何やってんだよ？　まだヌード描き途中だってのに」

佑子は背を向けたまま沈黙を保っていた。

蘭都があとからゆっくりとやってきた。

「佑子さん、少し、そこの待合室でゆっくり話せないかな？」

「蘭都くん……」

佑子は振り返って蘭都を見つけ、降参するように頷き、我々と一緒に待合室へ向かった。いちばん奥の席に腰を下ろすと、周囲に配慮しながら、蘭都は声を落として続けた。

「あなたの誤解を解きに来たんだ。不妊のことで」

佑子は途端にきりっとこっちを睨みつけた。恨みつらみは全部こっちか。

「夫に会ったの？」

蘭都がすぐに割って入った。

「蒼は電話をかけただけだよ。僕は彼の話を聞いて思ったことがあるんだ。前の旦那さん、自分の精子はチェックしてなかったんじゃない？」

「え……？」

「前の旦那さんは蒼に『不妊治療にも行かせたのに、効果はゼロ』と言ったらしい。自分も検査を受けていたら、もっと違った言い方になったんじゃないかと思うんだ。つまり、彼は病院で検査は受けていない。そうだろ？」

　佑子は、力なく頷いた。

「僕のところに来ている女性のなかにも、やっぱり不妊に悩んでいる人は多い。しかも、それを圧倒的に自分のせいだと思い込んでいる女性がまだまだ多いんだ。男性側にも原因がある可能性を想定していないんだよ」

「そうなのか……」と思わず尋ねる。蘭都は頷いた。

「佑子さんが妊娠できるかというと、またそれは別問題だけどね」

　その言葉を聞いた瞬間、佑子の表情にさまざまな色が混ざった。単なる頑《かたく》なな逃亡者ではない。その下に隠された弱さと、一縷《いちる》の希望を捨てきれない本音が見え隠れしている。

　とても簡単には想像で補うことのできない痛みが、そこにある。

　それを癒せるのは、果たして人の力なのだろうか？

　共感も同情も意味をなさない種類の問題は、たしかにあるのだ。

「一年半くらい前だったかな。うちの店に問い合わせの電話があった。不妊治療に効くアロマはないかって。そういう問い合わせは日々あるから気にも留めないけど、その電話の主は泣き声だったからよく覚えてるんだ。一度うちに来てほしいと言ったけど、断られたから、その場でクローブが子宮強壮の効果があることを伝えた。そして、クローブの由来についても少し語ったかな。あの電話、君だったんだろ？」

魔術的なんかではない。アロマテラピストの語った蘊蓄《うんちく》に影響を受け、それを生きるよすがにしただけなんだ。

蘭都は、ポケットから小壜を取り出した。

「電話では言わなかったけど、ちゃんとブレンドして使ったほうがいい。これ、ラベンダーとのブレンドだよ。ストレスを緩和する働きに加えて、不妊治療にも効果があると言われている。お守り程度に考えてくれれば。人生を支えるのは嘘よりもアロマのほうがいいからね」

佑子は、蘭都に渡された小壜を、赤子でも抱えるようにそっと持った。こっちもポケットから折りたたんだドローイングを取り出した。

「これ、やるよ。何かの記念にもっていけ。ゲイジュツカの浅間ゆうならもっといい絵が描けるだろうけどな」

車での移動のあいだに、ほんの少し描き足しておいた。

「相変わらず意地悪ね……私、あなたのこと大嫌いだったのよ」

「え……？　なんで？」

「同じクラスになった初日に、私にあまぶーって渾名《あだな》つけたでしょ？」

「そうだっけ……？」

「あの渾名のせいでどれだけ嫌な思いしたか」

やられたほうは忘れないが、やったほうは記憶の彼方だ。

「だから画家になったって新聞で知ったときも、ずっと思ってたの。失敗しろ、失敗しろって……。そのせいかもね。おじいさんに芸術家と間違われたとき、つい画家のふりしちゃった」

「……今さらだが、最低な渾名だ。悪かった」

佑子はそれから折り畳んである絵を開いて見返した。

「いい絵だね……。今は素直にそう思える」

実際、その絵はなかなか我ながらよく描けていた。

「本物のほうがきれいだよ。うわべの話じゃなくてね」

彼女はその絵を見て涙を堪えるようにぎゅっと下唇を噛みしめた。

それから、鞄から封筒を取り出した。

「これ、百万円。三村さんに返してくれる？」

「え、ひゃ……百万？」

「最初、十万で売ろうとしたの。そうしたら、三村さんは、今後のあんたの未来を変えるために必要だろって……三村さん、きっとぜんぶ最初からわかっていたのよ」

縁側で呆けていたじじぃの横顔を思い出した。

「あのエロじじぃ」

年寄りは、川のようだ。浅瀬かと思うと、不意に深くなる。その境目が、三十手前の若造にはまだ見極められない。

「返しても、じいさんは喜ばないと思うぞ？　だいたい、これからどうするんだ？」

「東京へ行く。友人がレストランをオープンしたの。その手伝いよ。ひと段落したら、その後の人生も考えてみる」

「それなら、いつか自分で返せよ。おまえが崖っぷちの覚悟で摑んだ金なんだ」

百万を佑子に押しつけた。半分は彼女のため、半分はあのじいさんのためでもある。百万返したせいで、寿命が縮まっては困る。

「おっと、作画料だけくれ。二万でいいや」

渡した封筒に指を入れて二枚だけ札を抜き取りポケットにしまった。毎度あり。

佑子は吹き出した。それから、わずかに潤んだ目をそのままに、エスカレータのほうへとふたたび歩き出した。もう止める理由はない。

「ねえ、蒼クン」

「ん？」

「必ずまたうまくいくよ。前に、手紙にも書いてたでしょ？『あなたはきっと成功する。その成功をいつもどこかで見守っています』」

「あ……〈クラスメイト女子より〉」

当時のあまぶーは自分の名前なんか書けなかったに違いない。馬鹿にされるに決まっているから。

「ありがとう」

そう言った自分の声は、佑子に届いただろうか。

その頃にはもう彼女はエスカレータから手を振っていた。

「しかし、三村のじいさんも一筋縄じゃいかねーな。三万じゃなく百万とはね」

「この街の人たちは、一見淡白に見える。でも、それはあくまでうわべの話だよ。内側に情の濃いところがあるんだ」

「らしいね」

この街を嫌って家を出た。本音を隠してうわべだけ取りつくろった街だ、と。でも、それは俺の思い込みだったのか。

「おまえの顧客が多いのはそういう風土を知り抜いてるからか？　それとも単に腕がいいからか？」

「どうかな。腕はもっといい人がいるよ、いくらでも。ただ僕は、自分を信じてもらうように努力しているだけだよ。人は生きるために、アロマを求める。死んだら、腐臭にまみれるだけだ。だから、その人が何を失ったのか、どんなアロマが助けになるか、その生き方に寄り添って考える」

　自分を信じてもらう、か。この売れない画家には、その能力が低かったのだ。フォンの愚痴だってしっかり聞いてやれたことがない。

　アロマ、か。

――消えたわね、アロマが。

うるせーよ。フォンの言葉を追い払う。だが、その言葉はいつまでも回り続けている。

　いつか満たせるだろうか。

からっぽの容器を、自分のアロマで。

「画伯、いい勉強になった？」

「なんだ、上から目線かてめえは」

　ふふっと蘭都は微笑んで歩き出す。

「腹減ったな」

「今日、お客さんから治一郎《じいちろう》のバウムクーヘンをもらったよ」

「うわ……それ最高……あれは芸術的な一品だからな」

「売れない画家が言うなら本当なんだろう」

「売れないは余計だ」

　ヤマハの電子ピアノは、相変わらず演者もいないのに、勝手に演奏を繰り広げていた。まるで、この街を去る者へ、そっとエールでも送るみたいに。

第二話　死と師と雨

1

雨音が、草花の匂いを呼び覚まし、記憶を迷子にした。

思い出しかけていたのに、もうそれが何だったのかも思い出せない。これだけ墓の並ぶ場所なんだから、墓に関することだったのは間違いないのだが、さて……。

記憶の彼方のショパンの音色が、無意識と風景のあいだを漂っている。

「ショパンねえ……」

「え？」

となりを歩くバロンが元気よく聞き返す。

「何でもねえよ」

三《み》方原《かたはら》墓園──そういう場所に来ている。浜松市の市街地からはえんえんバスで四十分ほど下らないとたどり着けない僻地だが、着いてみれば敷地はなかなか広大だし隣接して公園もあるから、退屈に欠伸が出るのが嫌じゃなければ、終日いたって何かしらすることはあるだろう。

子どもの頃は、〈ぼちこーえん〉と呼びながらも、どんな漢字なのかなんて考えもしなかった。そりゃあ、お墓ばかりがあるわけだから、墓地に決まってるわけだが、子どもはそんな言葉は知らない。

だから自分の中では〈ぼちこーえん〉だった。

〈ぼちこーえん〉を最初に訪れたのは、自転車の練習のためだった。俺は小学三年まで自転車に乗ることができなかった。それをすでに離れて暮らしていた父がどうにかしないと、と遅まきながら躍起になり、あまり子どもが遊んでいない場所ということで墓地公園を選んだのだ。近所は車の通りが多くて危なかったこともあるが、今考えると墓地は墓地で危ない気がする。

自転車の練習は〈ぼちこーえん〉の中でも、〈ぼち〉の部分で行なわれた。右も左もお墓が並ぶ道を、よろよろと自転車を漕いで、父に荷台から手を離されては派手に転んだ。ときには、誰のものともわからぬ墓に突っ込んだりもした。

あ、そうそう、この道だな、たしか……。ようやく、思い出しかけていたことの続きが見えた。

記憶を掘り起こすようにして道を進んでいく。

六歳までは、父はまだ家にいて、女遊びもせずにまっすぐ帰宅しており、家では母がご飯を作って待っていた。息子の絵の才能には無関心でも、それなりに目をかけてくれていた頃だ。まだぎりぎり機能していたんだ。家族っていうシステムが。

何がいけなかったんだ？　親父の性根か？　母の両親が相次いで亡くなったことか？　いろんな要素が重なって簡単に歯車は狂ってしまった。結局、不肖の息子が自転車に乗れるようになるまで、家族は維持されなかった。

小学三年からは母との二人暮らし。月に一度、毎度違う女を侍《はべ》らせた父との地獄のような面会時間が待っていた。その時間が、自転車の練習に充てられた。父は恋人を〈ぼちこーえん〉のベンチに待たせ、自転車の練習を開始する。

ようやく自転車に乗れるようになった頃から、母親は月に一度の面会も拒絶するようになった。父が女連れで面会していることをうっかり自分が洩らしてしまったのだ。それで、母は面会を許さなくなった。仕方ないことだが、今になって考えると、少し哀れな気もする。

その後は母の目をぬすんで、年に一、二度の交流が常になった。

最後に会ったのは父の転勤先の名古屋でだった。高校一年の夏だ。メールが来たのだ。おまえと一緒に暮らせるように身を固めたから来てくれ、と。

母との暮らしは、直接的にではないにせよ、つねに男の影を感じさせるもので、決して居心地がいいとは言えなかった。男たちはだいたいにおいて思春期の息子を邪険に扱う。これを機に父親のもとで暮らすのも悪くないのでは、との考えもあってその誘いに乗って名古屋へ向かった。

だが、家の前まで来たところで怖じ気づいた。庭先に三歳くらいの女の子がいた。顔が似ていないからたぶん父の再婚相手の連れ子だろう。部屋の中から、その娘を穏やかに見守る父の姿が視界に入った。自分には一度も見せたことのないような目じりの垂れ下がった顔をしていた。

この円満な家庭に、あえて自分が混じる意味は何だ？　そう思うと何もかも馬鹿らしく思えて結局会わずに引き返した。女を取っ換え引っ換えしていた男が、やっと人並みの幸せに腰を据える気になったのだ。放っとけ。

あの時の選択は我ながら間違っていなかった。そこから二年、母との暮らしに我慢したら、今度は母が再婚してくれた。誰にとってもお荷物になるってのは悪い経験じゃない。野良犬の自由を味わえるんだから。

それで、自分はフォンと生きる道を選んだ——はずだった。

あんな両親みたいになるもんか、俺はフォンを見つめ続ける、と誓った魂は、東京に着いてほどなくどこかにしまいこまれてしまった。優しさも愛情も失っていないつもりだった。だが、それらは箱だけで、中身を失っていたのかも知れない。

やめよう。場所の記憶から、結局はフォンに帰ってしまう。

で――どうしてこんな場所にいるのかという話だ。べつに親父との自転車練習の記憶に浸りに来たわけじゃない。

じつは、たった一人、師匠と呼べる人間がここに眠っている。

水無《みな》月《づき》晴雄《はるお》。

いまは亡き〈水無月絵画教室〉の室長だ。

2

水無月晴雄の墓参りに来るのは、初めてのことだ。亡くなったのは五年前。その知らせを聞いた時は、すぐに帰省する気になれなかった。なにしろ、晴雄さんとは長いこと絶縁状態にあった。

悪かったのは、まあ、こっちなのかな。悪いとはいまも思ってないんだけど。はじめは些細な言い合いだった。描き方が生意気すぎると言われた。油絵を専攻するにせよ、国内で評価されるなら、写実性を重んじろ、と。冗談じゃない、と当時は思った。

晴雄さんの主張は正しかった。どんな絵を描くのであれ、まずはじめに写生ありきだ。

ピカソだってそこから出発している。

だが、あの頃はこっちも高校を出たばかり。これから画壇に新風を巻き起こしてやろうと鼻息の荒い時期だから、当然そんな意見は聞き入れなかった。

それで、徐々に亀裂が入ったわけだ。最初のうちは曖昧に頷いて、意見を聞き入れたふりでやり過ごしていたが、作品を重ねるごとに、やることなすこと晴雄さんがケチを入れてくる。

そしてとうとう最終的な一言を吐いてしまった。

——あなたみたいに画壇に認められないまま終わりたくないんだ。

人間ってのは、時に信じられないくらい簡単に相手の心を抉るような真似ができる。ひどいことを言えば傷つくなんて当たり前のことなのに、若いうちはそれをさもすごいことをしてやったみたいな顔でやっちまう。いま考えれば、「画壇」なんてものを目指して絵を描いていたのがいかに動機が不純だったかもわかる。

さて、とりあえず、ここにかつて暴言を吐いた恩師の墓があって、自分はその前にいる。

「ただいま、晴雄さん」

晴雄さんのことを先生と呼んだことは一度もなかった。小学校から通っていた絵画教室だ。気がついたらいつも晴雄さんと呼んでいた。絵画教室は、基本的に大人のために開かれていて、小学生で通っているのは自分くらいだった。

晴雄さんは子ども嫌いで、通常は小学生の生徒はとらないと言っていた。最低でも高校生から、と。でも小学校で描いた絵を持っていったら、目を細めて、両親に、この子がプロの画家になるまで面倒を見たい、と話してくれた。両親は目を丸くした。だが、晴雄さんには確信があったようだ。画家としての素質を感じ取っていたのかも知れない。

「日本ノオ墓初メテ見タヨ」

隣で手を合わせるバロンが言った。なんとなく一人で墓参りするのが嫌で、バロンに付き添ってもらったのだ。

「お墓参りっすか！　ガールフレンドですね？」とよくわからない思い込みでバロンはついてきたので、たぶん今もそう思っているんだろう。片言風の日本語を喋っているのは、ときおり行き交う来園者へのポーズだ。

「バロン、それ隣の墓だよ」

テヘヘと笑いながらバロンは相変わらず隣の墓に手を合わせ続けている。

バロンは〈未来世紀ＢＺ〉というブラジル料理店のバイトをしている。もっともそれは表向きの仕事で、実際は小吹組の組員だ。過保護な組長の命令で息子を見守っている。まあ、そんな事情はこっちには関係ない。とりあえず〈未来世紀ＢＺ〉はまともにうまい店であることに変わりはないし。

目下のお気に入りは、店の看板メニューであるシュラスコーという肉の食べ放題プランだ。こちらがストップというまで牛肉のあらゆる部位の肉がひたすら提供され続ける。肉塊を客のテーブルに持っていってその場で切るのはバロンの仕事でもある。

「よし、楽しい墓参りは終了。バロン、それでどうだ？一昨日頼んだ件だけど」

「何すか、せっかくニッポン人らしく墓参り満喫してたのに」

流暢な日本語でバロンが返す。

「フォンの件だよ」

一昨日、佑子の一件が片付いた後で、改めてバロンにフォンの目撃情報を集めるように頼んだのだ。

東京のアパートに届いた封筒の消印は浜松だったし、三日前に同窓会で会った萌愛はその直前にフォンをメイワンの谷島屋で見かけたと言っていた。あと、ヤッさんの目撃談も。

それらの話が本当なら、フォンは今も浜松にいる可能性がある。だが、実家には戻ってきていなかった。ベトナム人の多い駅南界隈の連中も知らなかった。となると、とにかくフォンの情報を広く集める必要があった。

バロンは二つ返事で引き受けてくれた。

——任しといてくださいよ。その写真データ、メールでもらえますか？　小吹組の総力をあげて見つけ出します。

——そんな大げさにするな。おまえだけで動いてくれよ。

万一こんなことが蘭都にバレたら白い目で見られそうだ。

「その件なら、一つ情報が入りましたよ。〈鰻《うな》ずき〉って店の近くで昨日、うちの下っ端の奴が見たらしいっす」

そう言えば、ヤッさんも鰻丼を食べて店を出たところで遭遇したと言っていた。同じ店だろうか。

「〈鰻ずき〉って……聞いたことないな……」

「以前は〈鰻屋すずき〉でしたけどね、客があんまり入らないから改名したんすよ」

「ああ、あの店か」

行ったことはないが、親や友人の口から店名を聞いたことはある。

「どのへんにある店？」

「浜松城のあたりっすよ」

「彼女は鰻屋で何してたんだ？　鰻が大好きってわけでもないはずなんだが……」

「それはわからないっすね。うちの奴は、大通りを車を走らせてるときに店から出てくるのを見ただけらしいっすから。鰻丼食べてたんじゃないっすかね」

「フォンに間違いないのか？」

「らしいっすよ。写真見せてちゃんと確認取りましたから」

「わかった。ちょっと行って確かめてみる。引き続きよろしく」

「了解っす」

その後も、バロンはお墓の碑文を読めもしないのに無理矢理読んだり、お供え物の缶ピーをくすねたりと忙しい。こっちは晴雄さんの墓に向き合ったものの、何を考えたらいいのかわからず困っていた。

とりあえず雨がひどい。長居は無用だ。

晴雄さんの顔だけは、ぼんやり思い出せた。最後の喧嘩で、小学校時代から手塩にかけた生徒に暴言を吐かれた時の呆然とした顔だった。

やりきれない記憶ばかりが、澱《おり》のように残ってしまう。ほかにもいろいろあったろうに、なんでよりによってあの時の顔なんだよ？

「蒼さん？」

微かに甲高い声が背中に降り注がれたのは、立ち上がろうとしたタイミングだった。

「……でしょ？」

振り返って声の主を確かめた。すらりとした体型の女性が立っている。

「ええ、あなたは……」

言いかけて、はたと彼女が手元に花束を抱えていることに気づく。ここは晴雄さんの墓の前。ほかに選択肢は考えにくかった。

「水無月晴雄の娘の柚香《ゆずか》です。覚えて……ますよね？」

「ああ……」

晴雄さんの意向に反して絵の道に進まなかった娘。彼女とのあいだには、誰にも言えない秘密があった。

——あいつも絵をやるかと思ったんだけどね。デッサンも真面目にやりゃしないんだ。

晴雄さんはいつも愚痴っていた。その言い方は、やや愚痴というレベルを超えて、罵詈雑言の域に差し掛かることさえあった。

そして——あの頃の自分は、いつも柚香の話になると眉間に皺をよせて迷惑そうな顔でやり過ごしていたっけ。

「父の墓参り、ありがとうございます」

彼女は深々と頭を下げた。ゆるい胸元から、胸の谷間が覗いた。

あとになって思えば、谷間に見惚れている場合ではなかった。この時すでに自分は厄介ごとに巻き込まれることを運命づけられていたのだから。

3

「そちらの方は？」

「バロンダヨ、ヨロシクネ。今夜空イテル？　カワイイ。アナタカワイイ」

派手な顔立ちではないが、品のいいうりざね顔ではある。何より育ちのいい者特有の、幸福の匂いが漂っている。

「蒼さんのことは昔から家で話を聞いていました」

こんなふうにまともに言葉を交わすのは初めてのことだった。あの頃はお互い何も知らなかったのだ。

「俺の話を晴雄さんが？」

「蒼さんが教室でどんな絵を描いたとか、どんなことをしたとか。最近デッサンをサボってるとか。教室から帰ってくると、まず開口一番に話すのが蒼さんの話でした」

「……そうですか」

「バロントオ茶ショウ？　ネ？」

バロンは空気も読まずに柚香を口説き続ける。やれやれ、思いのほか面倒な奴を同伴させてしまった。

「あ、ええと……」

柚香はこういうタイプに慣れていないらしくへどもどしている。ここはあいだに入るしかなさそうだ。

「バロン、ちょっとこっちへ」

「エ、何スカ？　蒼サン」

「この人は俺の先生の娘さん。わかるよな？　な？」

俺が目でどやしつけると、バロンは「ナンダ、ソウナノ？　言ッテクダサイヨ、チャオ」と言ってようやく俺たちから離れた。

それから腰を軽く振って見せた。がんばって口説け、か。いや、そういうことじゃねえんだ……。

「さっきの件、頼むぞ」

こっちの言葉に、バロンはもう一度手を振って離れていった。

「なんだか蒼さんすっかり立派になっちゃいましたね」

「……そう、ですかね……」

「敬語なんてやめてください。蒼さん、私より年上じゃないですか」

たしか学年的には一個上だったか。二十過ぎて年が上とか下とかどうでもよかろうに。

だが、やめろと言うならやめよう。

「私、教室によく父の届け物に行っていて……そのたびに蒼さんがどんな絵を描いているのか、見ていたんですよ」

「へえ……そうだったんだ」

そういう経緯があったとは思わなかった。

「蒼さんは絵に集中してたから、私には気づいていなかったんでしょうね」

なかなか鋭い。

「父はいつも言っていました。自慢の息子みたいなもんだって——。私への当てつけでもあったでしょうね。私、あんまり絵に興味がなかったから」

「無理に描くもんじゃないからね。絵なんて」

絵を描く奴は、頼まれなくたってあるとき突然に描きだす。親が絵描きだから仕方なく……なんてふうにできるもんじゃない。

「よかったら、場所を変えて話しませんか？」

彼女はちらりと墓を見やった。

死者に耳なしとはいえ、話しにくいことはある。

「……そうだね。この近くに何かいい店あるかな？」

「あ、〈さわやか〉が有玉《ありたま》あたりにあったような……」

「さわやか……懐かしいな……この時間帯なら空いてるだろうし、行ってみるか」

ちょっとした知人と会うのに、さわやかは便利な場所だ。よその人に言うと「ステーキ屋が？」って感じだろうが、この土地では〈デニーズ〉より〈さわやか〉なのだ。もっとも、近年は観光客に人気らしく、時間帯を選ばないと長時間並ぶらしいのだが。

生憎、今回戻ってから一度も〈さわやか〉を利用していなかった。

柚香は駐車場に車を停めているから、と言った。免許のない身としてはそれだけで助かった。すぐに駐車場へと移動する。

傘の上に落ちる雨音だけが、晴雄さんの恨み言のように響き続けていた。

4

明るすぎる店内で、最初のうちは互いに何を話していいものか、しどろもどろになっていた。変に恥ずかしがっている大人が二人で向かい合うのは何とも妙なものだ。

げんこつハンバーグが出てきたあたりで、ようやく緊張が解けたのか、彼女はピアノリサイタルのチラシを取り出した。

そこには、〈楽器の街フェス一日目　水無月柚香ピアノリサイタル〉と書いてあった。場所はアクトシティの中ホール。

「すごいな、これ、柚香さんだよね？」

顔も名前も出てるだろうに。間抜けなことを言ったものだ。

「そう言えば、絵を描いてるときによくショパンのピアノ協奏曲が聞こえてたよね。あれは柚香さんが弾いてたんだな……」

さっき墓の前でショパンの音色を思い出していた理由に、ようやく合点がいった気がした。

「え、じゃあピアニストなんだ？　すげーじゃん」

「そんな……私なんか有名でもないですし」

「でもピアノ一本で稼いでるんだろ？」

すると、彼女はおずおずと鞄からCDを取り出した。受け取る瞬間、微かに彼女と指が触れ合う。ひんやりとしていた。

「これ、開封済みなんですけど、よかったら差し上げます。去年出したアルバムで、地元では結構売れているんです」

「へえ？　ありがとう。聴いてみる」

ジャケットの柚香は、胸元の露わになった肩出しドレスを着て、遠くを見るような眼差しで微笑んでいる。

「私の知名度なんて浜松止まりです。結局、父と一緒ですよ。いろんな生徒さんのレッスンをしながら、細々続けて、ちょっとでもコンクールでいい成績を収めようとがんばってるだけなんです」

「それでも、コンサートに柚香さんが出るからって遠方から来る客だっているんだろ？」

ええ、まあ、と柚香は神妙な顔つきで答えた。自尊心は欠片《かけら》も感じられなかった。彼女はプロのピアニストであることに誇りを抱いてはいないのだろうか？

「ピアノ、好きじゃないの？」

「好きですよ、もちろん」

「ピアノで生きてることが恥ずかしい、とか？」

「え？」

「あ、いや、たまにいるんだ。絵の世界にも。小さい頃から習い事で続けていたから上手だけど、それ以外は何もできないからって、恥ずかしそうにしてる子がね」

「ああ……私は、それとは少し違うと思います。ピアノが好きだし、プロになりたくてなったんです。ただ、突き進めば突き進むほど才能の限界が見えてくるんですよね。とくにここ最近はもう前に進むのは無理かなって……」

どこかで聞いた話だ、と思った。

ああ……自分か。

デビュー前は誰よりも才能があるという自負がある。だがプロの世界に入れば、自分以上にうまい奴ばかりだ。持ち前の才能だけで挑める戦いなんて限界がある。

そして試行錯誤のさなかに、アロマをなくした。

彼女も、自分の限界に深刻に悩んでいる。そういう顔だ。さっきからやけに周囲をキョロキョロする仕草も気がかりだ。自分に自信のない者の特徴に思える。

何度も時計に目をやったり、微かに震えたりする指先を見ていると、テーブルの角に置かれたコップを見ているようでハラハラする。

「何事にも原因はある。才能が限界だと思った原因は何だろう？」

「それは……」

彼女が言葉を探すあいだに、げんこつハンバーグを切り分け、一口サイズにしてから口に運ぶ。肉汁が過去の赤恥みたいに広がる。

「私……最近、ピアノの前に座ったときだけ、おかしくなるんです」

「具体的にどんなふうに？」

「頭の芯がぼんやりして、感情の引き出しからごっそり何もかもが奪われたみたいになるんです。そうなると、譜面を再現するので手いっぱいになってしまうんです。体を揺らしたり、目を閉じてみたりして、情感をこめて演奏してるふりをするんですけど……実際にはからっぽなんです」

「からっぽ……か……ピアノの前だと、緊張するの？」

「緊張は……しません。でも、弾き出そうとすると、こんなことをしていてはいけないような気がして……」

「それはここ最近になってからの傾向？」

何かきっかけがあったはずだ。何もなしに水が氷に変わったりはしない。すると、彼女は遠くを見るような顔になった。

「土井《どい》先生が……」

「土井先生？」

「あ、私のピアノの先生です。土井幸介《こうすけ》、ご存じないですか？」

「俺の親戚にはいなさそうだ。その土井さんがどうしたの？」

「土井先生が、一ヵ月前に末期喉頭癌《こうとうがん》であることを公表されたんです。すぐそこの三方原清新《せいしん》病院に入院されてしまって……それから、なんだか何も手につかなくなって……」

いささか拍子抜けしたのは確かだ。なんだ、明確な理由があるじゃないか。もったいぶった話をしやがって。

「なるほどね。気持ちはわかるけど、演奏中は切り換えないと……」

「でも、私は本番前、土井先生の言葉を思い出していつもがんばってきたんです。だから、どうしても演奏と土井先生を切り離して考えることができないんですよ」

お守りみたいなものだったということか。

しかし、これればかりはどうしてやれるもんでもない。こうやって身の上話を聞くくらいが関の山だ。

「じゃあ、少し休業したらいいよ」

「本当はそうしたいんです。でもできなくて」

「……金か？」

金は、望むと望まざるとにかかわらず、あらゆる行動原理の一要素となる。金があっても、なくても。かく言うこの売れない画家も、あんな狭いスペース分の〈家賃〉のためにもがいているくらいだ。

だが、彼女は首を横に振ると、明後日《あさって》の方角から言葉を選んできた。

「じつは、〈楽器の街〉PR大使に選ばれたんです」

「……断れないのか？」

「市内の有力大企業数社と観光協会が話し合って決めたものを断るわけには……」

なるほど。彼女の大事なスポンサーからの依頼でもあるわけだ。それだけじゃない。街全体の期待というのも、たぶんある。断るなら、それこそ浜松で音楽を続ける道は今後断たれるかも知れない。

厄介な案件だ。

窓の外を河合楽器のトラックがゆっくりと走っていく。どこかの家庭にピアノを届けるところか。

その家には、かつての柚香のような女の子がいるのかも知れない。

5

楽器の街——。

まったくもって嘘はない。そう、ここはヤマハがあり河合楽器がある、国内楽器のメッカと言ってもいい街なんだ。

「それ、具体的に何をするの？」

「〈楽器の街〉PRコンサートでピアノを弾きます。弾くのは流行りのアニメの音楽とか、浜松にゆかりのある音楽とか、そういったクラシックからは程遠いものばかりです」

「客寄せパンダか」

言ってしまってから、これはまずかったか、と思った。

が、すぐに彼女が俺の反応に気づいた。

「いえ、いいんです、そのとおりなんですから」

「いや、演奏は聴いたことないけど、ほら、君はきれいだから」

品位はときに顔の構成要素以上に大きくモノを言う。実際、彼女は幅広い年齢層に好かれそうだ。

「そのPR大使として、明日〈楽器の街〉フェスに出演しなくてはならないんです」

「それがこのチラシか。でも、音楽批評家が聴きに来るほどの御大層なコンサートじゃないんだろ？」

　ええ、と彼女は頷く。

「だったら、その場をとにかく乗り切って、音楽活動はそこまでいったん区切るしかないんじゃないか？」

「区切ることはできるかも知れませんが、問題は明日なんですよね」

　はっきりしない言い方が気になった。

　こういうことで時間を無駄にするのは好みじゃない。

「明日が問題っていうと？」

「じつは、明日、土井先生が観に来ることになっていて……」

「入院してんじゃないの？」

「明日だけ外出許可をとって来てくださるんです。無理しないでくださいって私は言ったんです。少し喉に痰が絡んだだけでも危険な状態なんですから。でも絶対行くって……」

「愛だねえ」

　彼女はぎこちなく笑った。

「つまり、その先生の前での演奏かと思うと緊張してしまう、というのが目下の悩み、かな？」

「土井先生の現在の状況とか、そういうすべてが私にはもう耐え難いことなんです……」

「ふむ……」

気になるのは――。

そう、柚香の目の泳ぎ方だ。本当に、彼女の不安はいま口にしたことだけなのだろうか？

「で、俺に何ができる？」

柚香は、レストランに入って初めて、しっかりとこっちの目を見た。

あの日の目だ――。

秘密の一日の、あの時の目が、そこにあった。

6

「それで、なんで明日の本番前のリハーサルから君の見学が必要なの？」

「リハの段階から例の症状が出るんだってさ」

ふうん、と蘭都はほくそ笑みながら相槌を打つ。奴の背中では、相変わらずグリーン・イグアナのネロリが我関せずといったふうに張り付いて眠たそうな顔をしている。

室内ではラヴェルの「ピアノ協奏曲」が流れていた。

「なに笑ってんだよ？」

レコード屋を覗いたせいもあって夕飯に遅れたからお詫びついでにと、水無月柚香と遭遇した話を土産話にしてやればいつもの薄ら笑いを浮かべやがって。コイツはやっぱり性格に問題があるよな。どっか歪んでるんだ。

「いや、元カノからのお願いじゃ、しょうがないなって思ってね」

「元カノじゃねーよ。一回やりかけただけだ」

そう、それが水無月柚香との秘密の過去。ある午後、たまたま晴雄さんのいない教室で、二人きりになってしまったのだ。まだフォンに出会う前、高校一年の夏のことだった。

男と女というのは、ある意味で瞬発力が勝負のサッカーみたいなもんだ。一瞬の隙をついてエリアに入り込まなければ、チャンスは訪れない。

こと柚香に関しては、コース内に入り込みながら、打てるシュートを打たずにスルーした。

何がそうさせたのか？

たぶん、あの目だ。あなたは私を抱く。でもそれはそういう行為だけの意味では終わらない。彼女の目はそう語っていた。

「一緒に行くか？」

「え、やだよ」

「な、なんで？」

「蒼、絶対寝るだろ。興味はあるから離れた場所で僕も聴こうかな」

「なんだそりゃ。勝手にしろよ」

「それにしても優しいね。心配だから行ってあげるんだろ？」

「いや……そういうわけじゃないけどな。なんとなく……」

責任の一端というのだろうか。

あの日、彼女の情熱を請け負わない選択をした。そんなことに責任を感じる必要が微塵もないことなんてわかってはいるんだが。

今日、レコード屋で彼女のCDをチェックしたら、クラシックコーナーにはなくて、地元のご当地アイドルや何かといっしょくたにされていた。それで哀れみを覚えたというのも、少しはあるかも知れない。

「ところで、もしかしてさっきから流れてるこの無味乾燥な演奏が、その水無月柚香？」

「はっきり言うじゃないか」

無味乾燥とはずいぶんな毒を吐かれたものだ。

蘭都の言うこともあながち間違ってはいない。そつがない演奏。明るく軽快で、悪くない。ラヴェルのかなり速弾きで知られる曲をこれだけ滑らかに弾くのだから、テクニックは相当なものだろう。

だが、何だろう。プラスティックみたいにツルンとしていて情感がない。もともと感情の入り込む余地を排除した高度な曲構成ではあるのだが、それでもそこに余裕がまるで感じられないのだ。

以前、ミケランジェリの弾く「ピアノ協奏曲」を聴いたことがある。硬質な音の隙間に雨が入り込み、光を反射してさまざまな表情を生み出す。音を一粒一粒丹念に弾きつつ、実験が重ねられ、それを見守るうちに、水色のトンネルに包まれる。そういう演奏だった。もちろん、テクニックの精度でリヒテルも唸らせるレベルだったミケランジェリを引き合いに出されては、柚香もたまったものではなかろうが、残念ながら柚香の演奏からは音像が広がらない。ただ、ひたすら技巧的で、そつの無さだけが際立つ。

本音を見せない演奏。

昼間に会った印象を思い出す。

あの時、柚香は本当は何かべつのことを伝えたかったんじゃないだろうか？

そうは言っても、それが何なのかはまったく想像もつかない。彼女は父親の墓の前で俺の姿を見て、何を思っただろう？　あの我々の秘密を忘れているとも思えない。忘れていないからこそ、相談したはずなのだ。

ただし、本音は言えなかった。彼女の演奏は、昼間の彼女から受けた印象と瓜二つだった。本音がないのだ。

だからこそ、リサイタルに行かなければならない気がした。

「まあ演奏のことは僕は門外漢だから何も言うまい。それより、君が帰ってきてからずっと気になっていることがあるんだ」

「何だよ？」

蘭都は、何を当たり前な、とでも言いそうな顔で微笑んだ。

「もちろん、匂いさ」

7

蘭都は二人分の珈琲を注いで、うち一方をずいとこちらによこした。

「君、自分で気づいていないんだろうけど、微かに見知らぬ匂いを引き連れて帰ってきたんだよ」

「俺が？」

神妙に頷く蘭都を流し目に見ながらカップを口につける。まだ飲むには熱すぎた。

「正確には、君の身体と、それからそのCDケースからも。匂いってね、容易に移るんだよ。雨だったせいもあるな。湿気を帯びると、匂いはしつこくまとわりつく」

「つまり、俺が柚香の匂いを連れて帰ってきたってことか？」

　自分で嗅いでみるが、うまく認識できない。よほどの異臭でなければ、染みついてしばらく経てば違和感が消えてしまうものなのだ。

「ミルラという樹脂のアロマだよ。没薬《もつやく》とも言われる。古代エジプトでは、防腐効果があるとされて、ミイラ作りに利用されていた。ミイラという名前は、このミルラから取られているんだ」

「ふうん。柚香は自分を防腐処理してたのか？」

「まさか。ミイラの防腐処理は、あくまで過去の話だよ。現在では、精神的な落ち込みを防ぐ働きがあるとされている。ほかには口内炎や歯肉炎の予防もある、とも。ただ、お墓参りの時にこのアロマをあえて纏ったのなら、アロマテラピーとしての用法ではなくて、弔いの意味ということも考えられるかもね。ミルラは〈弔いのハーブ〉とも言われるからね」

「弔いのハーブ、か。だが、墓参りは特別な感じじゃなかった。線香を上げて花を替えたらすぐ引き上げるみたいな……」

「でも、アロマテラピーとして用いたとはやはり考えにくいんだよね。それなら、もっとブレンドして使ったほうが効果的だ。はっきり言えば、用法としてだいぶ粗い。もしかしたら、アロマテラピーでもなく、死者の弔いでもない、べつの意味が……」

「おまえはすーぐそうやって匂いからあれこれ考えすぎなんだよ。人間だれしもおまえみたいに、四六時中匂いのことばっかり考えてるわけじゃないんだぞ？　香水だって何だって、もっとみんなテキトーに選ぶんだよ」

そうかな、と納得がいかないような顔で蘭都は首を傾げた。

「まあ、そうかもね。僕はミルラという香りに特別な思い入れがあるから、敏感に反応してしまっただけかも」

「特別な思い入れ？」

「僕の母親は、僕が小学五年の夏に病院の屋上から飛び降りて、裏手の手入れを怠った庭の草木に埋もれたまま一週間後に発見されたんだ」

淡々と語ってはいるが、それが当時の蘭都にとって世界に罅《ひび》が入るほどの衝撃だったであろうことは想像に難くない。

「そうだったのか……全然知らなかった」

そもそも蘭都が母について語ったことが数えるほどしかない。覚えているのは、少しフオンに雰囲気が似ていると以前言っていたことくらいだ。

「人に話すようなことでもないからね」

蘭都は目を閉じた。瞼《まぶた》の裏に、その当時の様子が再現されているのかも知れない。蘭都は、よみがえる過去を口頭で記録する。

「母の死体からは果てしない腐臭が漂っていた。初めて嗅ぐ種類の悪臭だったよ。とてもそれが先週まで僕に笑いかけてくれていた母の発しているものだとは信じがたかった。匂いだけじゃなくて、いろんなことが信じられなかったね。もう動かないことも、無惨な姿になってしまったことも、何もかも……でもね、葬式の時に神父さんがミルラを死体にまぶしてくれたんだ。あれが、救いだった。嘘みたいだって自分でも思うんだけどね、あの時のミルラの香りを思い返すたびに、悲惨なはずの母の死が、少しずつ受け入れるべきものに変わっていく気がしたんだよ」

「おまえがアロマテラピストを目指すことになったきっかけか？」

「それだけじゃないけどね。母は本当は自殺なんかじゃなくて、殺されたんだ」

　また衝撃的なことをさらりと言いやがる。

「親父の組と敵対関係にあったよその組の奴が、見せしめに殺したんだよ」

　ヤクザの倅《せがれ》に生まれついた者は、死と隣り合わせで生きてきたのか。ふつうならこんなショッキングな過去は、もっと情感を込めて唇を震わせでもして語るところだ。だが、蘭都は肉親の悲劇に対して達観せざるを得ない環境にあったのだろう。

　もしかしたら、蘭都は今なお自分の身の危険すら冷静に捉えているのかも知れない。組長の息子だ。いつ命を狙われてもおかしくない身分ではあるのだ。

「組員の会話でそのことを漏れ聞いて、親父の世界には絶対に近づきたくないと思ったのも大きい」

考えてみれば、コイツがアロマテラピストになったきっかけを尋ねたことなんかなかった。先日、蘭都が言っていた台詞を思い出す。

——死んだら、腐臭にまみれるだけだ。だから、その人が何を失ったのか、どんなアロマを与えればいいのか、その生に寄り添って考える。

蘭都は神妙な空気に気まずさを覚えたのか、一度ネロリを床に下ろすと、壁にかかっていたジャケットをふわりと羽織った。それを見てネロリが焦り出す。どうもコイツは蘭都が出かけるのがイヤらしい。

「どこか行くのか？」

「仕事だよ。アロマの仕入れ」

「ああ」

「治一郎、勝手に食べるなよ？」

蘭都はそう言い捨ててネロリを抱きかかえて部屋に引き上げていった。ネロリを檻に入れておくためだ。ネロリは覚悟を決めたらしくおとなしく目を閉じて連れ去られた。

アロマの仕入れ先はお隣の湖西《こさい》市にあるらしい。営業形態はいまだによくわからないが、どうも営業日をしっかり決めずに、予約制にしているようだ。つまり予約がない時間は休暇となる。

「一つだけ忠告。ミイラ採りがミイラになるなよ」

「あ？　俺はミイラを採りに行くわけじゃねえ」

コイツはとうとうアロマで頭がイカれちまったらしい。

蘭都が出ていくのを見送ると、早速冷蔵庫から治一郎のバウムクーヘンを取り出した。食べるなよと言われて食べずに待ってる馬鹿がどこにいる。しかも治一郎だぞ？

ナイフで五センチほど切って皿に載せる。肌理《きめ》細かな治一郎のバウムクーヘンは、今日もフォークを差した瞬間からそのしっとりとした質感で虜《とりこ》にしてくれる。ひと口食べる頃には少し気取ってジャズでも久々に聴こうかなんて気分になっていた。

ミイラ採りがミイラに？　何を言ってるんだか。

8

翌日、アクトの中ホールへ向かう前に、浜松城のふもとにある鰻屋〈鰻ずき〉を訪れた。

店の空気はじっとりしている。どうやら暖簾《のれん》がまだかかっていないうちにドアを開けてしまったようで、店内は仄暗い。

「お客さん、すみませんね、あいにく準備中で……」

対応したのは腰の曲がった痩せぎすの初老の男だった。彼はどこか焦点の合わぬ目でぼんやりとこちらを見上げる。背が低くて、垂れた目と相俟って溶けかけのロウソクを思わせた。

「すみません、ちょっとお尋ねしたいことがありまして」

「……何でしょうか？」

スマホを取り出し、フォンの画像を見せた。

「こういう女性が最近来ませんでしたか？」

男は首を傾げた。

「いや、記憶にないねえ。お客の顔はたいてい忘れないんだけどね。すまないねぇ」

嘘をついているようには見えない。だが、人間は五十を過ぎると化けるのがうまくなる。

店の奥に目をやると、夫人らしき女性がちらりと一瞥《いちべつ》をくれ、慌てて視線を逸らした。

相手がとんだ古狸でない保証などどこにもない。

男にそっくりな垂れ目だ。夫婦ってのは似てくるのか、似た者同士がくっついたのか。

「二度この店を訪れているという目撃情報があるんですが」

ヤッさんの目撃したのも、この店を出たときだろうと鎌をかけてみた。

「二度？　本当かい？」

男はなおも首を傾げつつ、夫人を呼びつけた。彼女は足早にやってくると、男に言われるままこちらのスマホに軽く目をやった。

彼女は「知らない顔ですね」と即答した。六十近い女性が、スマホの画像をよく見極めもしないですぐに答えたことが気にかかった。目がいいのか。だが、知らないと言われてはこれ以上言うべき言葉もない。

「ありがとうございます」

礼を言って店を出た。バロンの舎弟からの情報がガセネタだったとも思えない。フォンはこの店を訪れているはずなのだが——。

疑念は深まるが、それをどう掘り下げたらいいのかがわからない。

店の換気口から、甘いタレの匂いが漂ってきた。

コンビニで少し早い昼飯を買ってから、アクトへ向かうことに決めた。

9

消化不良の気持ちのまま、アクトの中ホールにたどり着いた。

到着してすぐに始まった公開リハーサルは、想像を超えてにぎわっていた。少なくとも会場の四分の一ほどは埋まっている。推定で二百人弱といったところか。どうせリハーサルだし客なんて三人くらいなんだろ、と思っていたが、杞憂だったようだ。水無月柚香はこの売れない画家よりは有名人なんだろう。

浜松で自分が個展をやって、これだけの人数の客が入る自信はしょうじきない。ピアニスト水無月柚香は、この街では立派に商業として成立している。

　プログラムを見たら、柚香の話していたとおり、「浜松まつり唄」とか「ちゃっきり節」など浜松に縁の深い楽曲ばかりが選ばれている。そりゃそうか。〈楽器の街〉ＰＲ大使だからな。

　しかし、リハーサルの始まる時間が差し迫っているのにステージ上のスタッフたちの様子がやけにあたふたしている。何やら気を揉んでいる様子だ。

　一向に柚香が姿を現さないのはなぜだ？

　現在の時刻は十二時四十五分。公開リハは午後一時から。本番は三時。

——蒼さんが見ていてくれたら、ちょっとは勇気が持てるかも知れないと思うんです。

——あなたは私に興味がないから。そういう人が、必要なんです。今の私には。

——俺が見てるだけで？　なんで？

——よくわからないな。なんで興味のない人がいると、精神が安定するんだ？　だいたい君の不安定の理由は先生の病気なんだろ？　俺が現れたって、彼の病状は変わらんだろうに。

その言葉に数秒間彼女は黙っていたが、やがて絞り出すように「お願いです」と言った。それ以上、問わせないだけの力が込められていた。

やはり、彼女が演奏に際して心が不安定になる理由はべつのところにあるのだ。そうでなければ、自分に来てくれという意味がわからない。

開始時間の一時になっても、照明が落ちる気配はない。

客席のざわめきは徐々に大きくなっていく。

おい、柚香、早いところ出てきたほうがいいぞ。

だが、相変わらず舞台の上のピアノの前には誰もいない。

柚香の連絡先は聞いていない。

彼女に何があった?

ざわめきが大きくなる。まるで、外の雨のように、ざらざらと音をたてる会場の中で、グランドピアノだけが我関せずとばかりに沈黙を決め込んでいるのだった。

10

中ホールを出た。どこにいるかはわからないが、柚香を探さなければならないことだけは、確かなことのように思えた。

彼女との会話で気になったのは、やはり恩師の土井幸介という人物に関する話題だ。

彼女はあのとき、恩師が演奏を「観に来る」と表現した。

彼女はピアノを演奏するのであり、ふつうなら「聴きに来る」と表現すべきなのに、「観に来る」と言ったのだ。

ただ言い間違えただけなのか？　少なくとも、本当に恩師としての愛情を感じていたなら、そんな言い間違えはしないのではないか。

もしも、彼女にもはやピアニストとしての価値がなく、今日のイベントに彼女が選ばれたのも外見が理由だとしたら――そのような人生に彼女を引きずり込んだ張本人としての土井を、恩師と尊敬はしないかも知れない。

通常の師弟関係ではないということか……。

ではなぜ彼女は昨日、土井の病気が気がかりで精神が不安定になるなんて話を打ち明けた？

冷静に考えればあまりに唐突な切り出しだ。しかも結局お願いされたのは、今日の公開リハに来てくれというわけのわからないものだった。よくよく考えればこの二つはまったくつながっていないのだ。

それが、なんとなく困っているという空気から、行かざるを得ない気分にさせられた。

だが、彼女の狙いがべつのところにあったのだとしたら？

思い出されたのは、蘭都の言葉だった。

——ミイラ採りがミイラになるなよ。

アイツは何を予見していたんだ？

たとえば——。

電話が鳴った。かけてきた主は蘭都だった。

「どう？　彼女は逃げた？」

「おまえ、こうなるってわかってたろ？」

コイツには匂いからその先の事態を予測するところがある。昨日の晩の時点で、蘭都は今日何かが起こることを予想していたんじゃないか？

「僕は予知能力者じゃないよ。でも、もしも彼女の〈弔い〉の儀式がこれから行なわれるんだとしたら、何かが起こるかも知れない、とは思った。その〈何か〉まではわからなかったけどね」

「だけどいま逃げたって言い当てたろ」

「恩師を来させないための方法の一つを思いついたんだ」

「どんな方法だよ？」

「そこまで僕に言わせる気？　君にも想像ついてるんじゃないの？」

コイツは昔から性格が悪くて薄情なのに、どこまでも善人で、どうしようもなく面倒見がいいという矛盾した生き物だ。

「柚香を本番までにこの会場に連れ戻す」

「がんばれ。僕も本番は聴きに行くつもり」

「暢気《のんき》な野郎だな」

電話を切った。

蘭都の言った〈方法の一つ〉とやらは何なのか？

考えろ。目を閉じ、柚香の昨日の表情を思い出そうとする。

ふと、顔よりも先に指先が浮かんだ。

柚香の指先が震えた瞬間があった。それこそ、土井が演奏会を「観に来る」と発言した時だ。土井が演奏会に現れることを恐れているのだとしたら……？

それなら、もっと早くにリサイタルを取りやめることだってできたはず。

つまり――演奏会は、やるつもりなんだ。

その代わり、土井が現れることを阻止しようとしている、としたら？　どうやって？

――無理しないでくださいって私は言ったんです。少し喉に痰が絡んだだけでも危険な状態なんですから。

なんであんなことをたまたま墓の前で会っただけの俺に言った？

嘘だろ……。

蘭都は昨夜、ミルラには〈弔いのハーブ〉という意味があると言っていた。

彼女は誰への弔いの意味でミルラをつけていたのか？

そのベクトルが、墓の下の晴雄さんではなかったとしたら？

無人迷路のようなアクトの中を彷徨い、歩くエスカレータを走りながら、ようやく目指す場所がはっきりした。

階段を下りてすぐのだだっ広い十字路のところでタクシーを拾った。

「三方原清新病院までお願いします」

彼女が重大な決断を下すその前に、止めなければ。

11

清新病院には、その昔、病気にかかるたびに訪れていた。人生を通していちばん通った病院なんじゃないだろうか。何を隠そう、産声をあげたのもこの病院だという話だ。まあ、残念なことに記憶はないんだが。

高校時代には一週間ほど入院したことがあったっけ。

そのときはなんとも孤独な時間を送ったものだった。蘭都はそのあいだ、ときどきメールで「フォンとデートしてきた」とかいう内容を送って嫌がらせをしてきたものだった。

三方原清新病院の二階には谷島屋書店が入っている。それほど大きくはない書店だが、少年時代の自分にとっては最大の愉しみだった。過去はさまざまな匂いを運び、現在の匂いがまた違う過去を運んでくる。アルコール消毒の匂いのする院内を歩くうち、自分の年齢さえ曖昧になっていく。

病棟への出入りは今も昔も自由なようだ。中の構造もわかっていた。あのときは、白血病と間違われて一週間の検査入院をさせられたのだった。結果、何でもなくてただ陰性のリンパ節をひとつ摘出されて何もなかったように帰された。あの手術のつらさが、今日のためのパスポートだったと思えば、悪くないかも知れない。五階が個人病棟になっている。土井がフロアのどこかにいるのは間違いあるまい。

水無月柚香が今日のコンサートにもともと乗り気でなく、むしろ恥だとすら思っていた場合——そこに土井が来ることは耐え難いだろう。

愛憎半ばの感情は、理解できなくもない。

自分だって、晴雄さんに対しては似たような気持ちを抱いてきた。口論したとき、自分の浅はかさを本能的には理解していた。絵の深みもわからないまま、こんな付け焼刃でこの路線を突き進んだって、早々に飽きられて終わる、と。

だが、そんなことは認められなかった。認めてしまえば、それまでどおり、黴《かび》の生えたような〈日本の画壇に受けそうな絵〉をずっと描き続けなければならなかった。

水無月晴雄に敷かれたレールを歩くのが、ただ嫌だったのだ。でも、今となると、よくわからない。何がそんなに嫌だったのか。彼にはそれなりの青写真があったはずだ。それを蹴るほど、自分の道は正しかったと言えるのか？

これまでの道に後悔はないが、時とともに、彼の心情を理解できる瞬間が増えてきた。

だがすべては遅いのだ。

もうこの世界に晴雄さんはいない。かつて絵画教室に突然現れ、小学校で描いた絵を誇らしげに見せた少年の現在を見守る者は、去ったのだ。

病室のドアの横には、入院患者の氏名の名札が入っている。

土井、土井、土井、と口ずさみながら進む。

やがて——土井幸介という名札が目に留まった。

その前まで小走りに駆けたものの、ドアを開けるまでは、すべてが勘違いであることを祈っていた。

が——柚香はやはりそこにいた。

彼女は表情のない目で、こっちを見返している。

「早まるな……」

まるで、彼女の演奏そのもののような目だった。

「早まる？　私はただ、先生を迎えに来たんです」

柚香のとなりで、土井幸介は微動だにせず、酸素マスクをつけた状態で横たわっている。

呼吸は、あるのか？

「リハーサルも放ってか？」

「起きないものですから、どうしようかなって……」

「そんな嘘は純真な牧師だって信じないぜ？　君はたった今ここに来たわけじゃないんだ。つまり――土井さんが眠ったのはもっと前だったはずだ」

そうでなければおかしい。

今日のコンサートのために外出する気なら、土井はもっと早くに準備を始めていたはずだ。いまの段階で眠っていることは有り得ないし、直前に眠らせられたとも考えにくい。

「君は土井さんがいつも飲んでる睡眠導入剤を飲み物に混ぜて、土井さんを眠らせたんだ」

きわめて問題のない方法ではある。末期癌では身体中痛くて眠れないから、睡眠導入剤はどうしたって手放せない。しかし、この日だけは、土井はコンサートのために日中は寝ずに、睡眠導入剤も使わずにおこうとしていた。

日頃薬を飲んでいる時間だったら、身体は反応しやすい。うっかり飲み物に混ぜられれば、知らず知らずのうちに眠りの底だ。

「だが、心のどこかで迷いもあった。だから、墓の前で俺に会った時、君は俺にあれこれと口実を作ってリハーサルに来させようとしたんだ。狙いは、言葉の端々にヒントを混ぜて君の計画に気付かせ、こうやって俺が止めにくること。遅かったけどな」

「……つまんないこと言うのやめましょうよ」

　柚香はわざとらしく乾いた笑い声をあげる。その虚ろな目の奥に、真実が眠っているのが見える。

「君は、本番ぎりぎりまで土井さんが目覚めないことを確かめたいんだろ？　そうすれば、少なくとも土井さんは今回のコンサートに向かうことができない。なぜなんだ？　そんなに自分の師匠が嫌いなのか？」

　土井を見つめる柚香の頬を透明な雫が伝った。

「私は……ただ耐えられなかったんです。これ以上……」

「土井さんの敷いたレールの上を歩くことが、か？」

「……どうしてそれを？」

　鼻声で柚香は尋ねる。プラスティックの仮面が、外れた。

「君と俺は似てるからね。目が二つあるし」

　そこで柚香はやっと笑った。

「私、マリオネットなんです……。こう弾けと言われたら、それ以外のことができなくて……。心が自由になる方法を知らないんですよ。魔法にかかったみたいに、言われたとおりにしか動けなくなって……」

「目の前のお師匠さんはそのこと、わかってたのか？」

「見て見ぬふりをしていたんでしょうね。私にたくさんの期待をかけていたから。本当は、きっと言ったことのその先を、私が勝手に進んでくれることを期待していたんでしょう。でも私はそういうタイプではなかったんです」

「アーティスト気質《きしつ》じゃないわけだ」

「……そういう言い方もありますね」

　ふん、と俺は鼻で笑った。

「甘えてんじゃねーよ」

　時計を見る。一時四十五分。本番にさえ間に合えば、問題はないはずだ。

「来いよ。君には治療が必要なんだ」

アロマサロン〈オフラン〉は、仄かに橙《だいだい》がかった明かりと芳香の漂うシンプルな空間だ。内部に入るのは初めてだが、施術室は微かにオリエンタルな雰囲気もある。このまま泊まると言い出す客がいてもおかしくなさそうに思われた。施術室に隣接してジャグジーもある。

「これからコンサートに行こうと思っていたら、あなたから来てくれるとはね。ここで演奏してくれるの？」

蘭都はときどきジョークともつかぬジョークを言う。こういうのは相手を混乱させるし、やめたほうがいいと思うんだが。

「つうか、時間ねえんだ。手早く頼む」

「そう言われてもねえ。まずは症状とか聞かないことには。僕だってマジシャンじゃないんだから。あ、それから、君が近くにいると気が散るから、あっちへ」

「あんだと？　おまえなぁ」

「早く」

「へいへい……」

仕方なく部屋から出ようとしていたら、柚香に腕をつかまれた。

「大丈夫です、蒼さんにいてもらったほうが落ち着きます」

「だとよ？」

蘭都が片眉をシニカルに上げてみせた。

「ならそのままいてくれ。柚香さん、その寝台にうつ伏せに寝て、身体をリラックスさせてください」

ふだんの生活からは想像もつかない優しい声だ。蘭都は手にたっぷりとオイルを出すと、彼女の足先からふくらはぎにかけて鮮やかな手つきで塗っていく。

「今日は衣装もあるので脹脛《ふくらはぎ》までにしておきます。これでも十分効果はありますから大丈夫です。この匂いは平気ですか？」

甘やかなハーブの香り。これがダメなのは藪蚊くらいだろう。

「いい匂い……」

「あなたがお使いのミルラのオイルをベースに、ラベンダーやカルダモン、イランイランなどをブレンドしているんです。このほうが自律神経に働きかけるのには適したオイルになります」

そう説明しているあいだも、蘭都の指は絶え間なく指圧を続けている。それはまるで歪んだ金属を少しずつ元の形に戻していく作業のようでもあった。

「ギリシア神話では、ミルラは王女ミュラの涙とされています。ミュラが美しいことが自慢だった母親は、アフロディーテより美しいと吹聴してしまいます。それを耳にしたアフロディーテは怒って、ミュラに呪いをかけるんですよ。どんな呪いかご存じですか？」

柚香は答えない。マッサージに集中しているからか、それとも、答えられない理由があるのか。

「答えを言うと、ミュラにかけられた呪いは、自分の父親を愛してしまうという呪いなんです」

柚香は何も言わずにその言葉をただ聞いている。眠ってしまったのではないか、と思ったくらいに反応はなかった。

「その呪いによって、ミュラは顔と素性を隠して父親のもとに通い、父親もまた彼女に恋をしてしまう。赦されない恋と知った父親は彼女を追放します。沙漠をあてどなく彷徨ううちに呪いの解けたミュラは、アラビアのシバで神々の手によってミルラの樹にされるのです」

「……それは罰でしょうか？」

「罰ではなく、赦しですよ。どんな罪も、正気にかえったときには、かならず赦されるのです」

柚香の表情が変わる。棘《とげ》でも抜かれたかのように穏やかだ。

「嫌なことを思い浮かべてください」

「思い浮かべたぞ」

「君に言ってない」

これ以上口を挟むと本当に追い出されかねない。

「あなたは鳥です。自由に羽を広げてみて」

「こんなスピリチュアルな展開はしょうじき見るに堪えないんだけど？」

「ちょっと君は黙っていてくれ」

「おいおい、ユリ・ゲラーにでもなろうってのか？」

「古い」

「時間がないんだよ」

「わかってる。君さえ黙っていれば、すぐに終わるんだ。この匂いを嗅いでください。ゆっくり、お腹の底に匂いを送り込むような感じで」

彼女は蘭都の言うことに従った。

「今日、あなたがいちばん大事にしたい演目は？」

「最後に弾くラヴェルの『ピアノ協奏曲』です」

「その演奏のいいところは？」

「小鳥のように自由な旋律、川で水浴びをしたかと思うと、霧深い森を彷徨ったり……」

「どのように弾けばうまくいくと思いますか？」

「手首をしなやかに」

「ほかには？」

「一音一音をくっきりと」

「あなたがその楽曲を初めて聴いたときは何を思い浮かべましたか？」

「初めて……あの時は……そう、花を」

「何の花？」

「むかし、ピアノを習いたての頃に、土井先生がどこかで摘んできた花です。鍵盤を弾くときは名もなき花が咲くように開放的にって」

「では目を閉じて、その花を手にとってください」

　マッサージの手を休めぬままそう言うと、蘭都は手にまた違うオイルをかけ、その手で柚香の首の後ろに触れた。

「それが、あなたの大切な匂い――アロマです。どんなときにも、その花を忘れずに。それさえ忘れなければ、あなたはもうとっくにご自分の演奏をしているはずですよ」

　柚香の頬を、涙が伝っていた。

「……演奏をしても……いいのでしょうか？」

「もちろんです。たとえどこかで何かを間違えたのだとしても、それがピアニストとしての間違いなわけではないのです。あなたのアロマを閉じ込める必要はありません」

　その言葉で、表情が不意に柔らかくなったのに気づいた。この世ならざるものを目の前で見せられたような、妙な気分だった。

「……不思議……私、ピアノが弾いてみたい」

思わず、ふっと笑ってしまった。

「だろうね。ピアニストだから」

言うまでもないことだが、その直後に我々がやらねばならなかったのは、タクシーを大急ぎで呼ぶことだったのだ。時刻はすでに二時半を回っていた。

13

柚香を会場に送り届けた後、迷った末に、演奏は聴かないことにした。たぶん、演奏は成功するはずだ。それは彼女の目を見ればわかった。

それよりも、土井が無事に意識を回復するのかが気になった。彼女が睡眠薬を盛ったとして、その量は適切だったのか。

量を間違えていたら、彼女は殺人犯になってしまう。

土井幸介の病室を開けようとした。

が、すでにドアが開いている。

ドアの隙間から中を覗くと、若い看護師に揺さぶられている土井の姿が見えた。慌てふためいた看護師は内線通話のボタンを押した。

「呼吸が苦しそうです。血圧も上がっています……先生、急いでください！」

看護師はそれから急いで部屋を出た。あまりに慌てていたせいだろう。ドアの脇にいたこちらには気づきもしないようだった。

その隙に部屋に入ると、土井のとなりに立った。呼吸は弱々しいが、その目はしっかりと開かれていた。

「あんた、もしかして、さっきも眠ってなかったのか？」

彼はぜいぜいと肩で息をしながら、答えた。

「彼女のよこした薬は……飲まなかった……柚香が……来てほしくないことは……わかっていたからな。見世物みたいな恰好で……ピアノを……弾かされる……見せたくないに……決まっているさ」

「いまの彼女の在り方はあんたが示した道なのか？」

「……そんなわけは……ない。だが……はぁ、はぁ……責任は……ある。彼女には……実力がなかった。それでもプロの道に拘《こだわ》った彼女に……いまのプロダクションを紹介したのは……私だからな」

「師匠としての責任ってやつ？」

「違う……柚香はわたしの……はぁ、はぁ……私の実の娘なんだ……彼女の父親も……知ってたはず…」

「え……？」

「彼女の母親と私は……」

そこで土井はむせ始めた。

看護師が廊下を駆ける音が聞こえる。

部屋の壁際に身を寄せると、看護師が入ってきたのを見計らってそっと廊下に出た。

もはや彼の命運に関して、こっちが負うべき責任は存在しなかった。

水無月柚香は、水無月晴雄の実の娘じゃなかっただと？　土井の言っていることが本当だとすると、過去に晴雄さんが娘に対して話していたことのすべての意味が変わってくる。それだけじゃない。柚香を取り巻く環境やこれまでの人生の流れにその事実はあまりに大きく関わってきてしまうのではないか。

土井幸介との過ちで授かった子が柚香だとしたら、母親は娘を実の父親と交流を持たせたくてピアノに通わせようとしたことになる。

晴雄さんは気づいていたのか？

どんな気持ちでそれを見ていたのだろう？

自分に似ていない娘。

年を重ねるごとに、自分との血のつながりがないことが明らかになる娘。

さらに彼女は真の父親のもとにピアノレッスンに通っていた。

思い出すのは、施術をしながら蘭都が聞かせたギリシア神話だ。あの話を、たぶん柚香は知っていたのだ。

女神ミュラは父親を愛する呪いをかけられた。

なぜあんな話を蘭都はした？

「待てよ……そんな馬鹿な……」

柚香は、実の父親である土井に恋をしていたのか。

そしてあるときに血縁に気づき、苦悩し始めて……。

——……演奏をしても……いいのでしょうか？

——もちろんです。たとえどこかで何かを間違えたのだとしても、それがピアニストとしての間違いなわけではないのです。あなたのアロマを閉じ込める必要はありません。

「うそだろ……？」

だが、そう考えると、ミルラというアロマを彼女が身につけていた理由がはっきりする。

弔いの意味なんかではない。自分を女神ミュラと重ねていたのだ。

彼女の演奏に彼女固有のアロマがなかったのは、それが表現してはならないアロマ——赦されない愛だと感じて封印していたからなのだ。

彼女は創造性のない、名ばかりの《ピアニスト》の称号を得て、見世物同然の恰好で無味乾燥な演奏を奏でてきた。

そんな最低な運命でも、柚香は今日、辛うじて自らのアロマを解放できたのだ。

自分には彼女の人生を笑うことはできない。柚香ほど過酷でもなければ、華やかでもない地味な人生を歩いてきた。

野心ひとつで絵の世界に飛び込んで、歯が立たずに尻尾を巻いて帰ってきたのだ。

電話が鳴った。

蘭都からだった。

「コンサート、終わっちゃったよ」

「そりゃよかった」

「いい演奏だった。お茶の葉を模した下着同然の衣装に最初はざわついていた会場も、ひとたび演奏が始まったら一気に引き込まれてたね」

下着同然の衣装？

土井に見られたくなかった道理だ。

「何より彼女自身がエンターテイナーに徹していた。容姿ばかり注目されているけど、そんなことはもう問題じゃないさ。きっと今日の彼女にいままでと違ったふうに注目してくれた人はいると思うよ。それくらい引き込まれる演奏だった」

「世の中、そんなうまくはいかねえよ」

いや、どうかな。うまくいくときはバカみたいに何もかも都合よくことが運ぶのが人生だ。いつかは、柚香がそんな当たりを掴んだっていい。

「これから晩御飯の買い物にでも行かない？」

「……いや、ちょっと行きたいところがあんだよ」

「え、どこ？」

「どこでもいいだろうが。おまえは俺の恋人か？」

「もう少し優しくしてくれるなら考える」

「考えなくていーわ」

電話を切ってから、深いため息をついた。

それから目を閉じた。

浮かんでくるのは、柚香の姿じゃない。最後に喧嘩をした時の晴雄さんの顔だった。

14

なけなしの四月を隈なく雨が潤そうとしていた。

三方原墓園の墓石たちも雨のおかげですっかり色つやを取り戻している。生者にとって憂鬱なものは、死者にとっては恵みかも知れない。

　墓の前に行く途中で、バロンから電話があった。

「イ・アイ？」

「ポルトガル語はわかんねーよ。どうした？」

「フォンさんに関する目撃情報第二弾っすよ」

「……お、待ってました」

〈鰻ずき〉に関しては不発に終わった。あの店の夫人の表情にわずかに怪しさは感じたが、訪れていないと言われてしまってはそれ以上探りようがない。

「でもこれ言いづらいっすねえ……」

「なんだよ、言えよ」

「あのぅ、言いますよ。覚悟はいいっすか？」

　そこまで言われりゃ、さすがに最低を予想せざるを得ない。息を吸い込んでバロンの言葉を待った。

「フォンさんによく似た女が、風俗店に出入りしてたっていう目撃情報があるんすよ。

〈アリスとテレス〉、知ってるでしょ？」

「あそこは……小吹組は？」

「関わってないっすね。あそこは山内《やまうち》組のシマっすから。昔は組長と兄弟の盃《さかずき》交わしてたって話っすけどね。最近は没交渉らしいっす」

「そこに、フォンが勤めてるっていうのか？」

「そこまでは……」

「そもそも見たのは誰だよ？」

「うちの兄貴の遠田っす。とりあえず店に入るのを見たらしいっすよ。ホントにたまたま。ベトナム系のいい女が〈アリスとテレス〉に入ったっぽいから俺に調査してこいって言うんで、写真見せたら、そうそうこの女って言うじゃないっすか」

嫌な予感がする。フォンが風俗嬢に？

金にでも困ったのか？

それならなんで指輪を送り返した？ あんなものでも、売れば多少の金になったろうに。それとも、彼女はヤクザにとっ捕まって脅されて無理やり働かされてるのか？

即断は禁物だ。まだ風俗で働いていると決まったわけじゃないんだ。〈アリスとテレス〉に、行ってみるか……。だが、そこでフォンが勤めていたら何て言えばいいんだ？指名でもするのか？

「また情報入ったら連絡します。あ、今日のシュラスコー、最高っすから！」

「あとで行く」

「チャオ！」

胃袋が元気だったらな。蘭都にも夕飯の買い出しは明日に回すように言ってみよう。

また水無月晴雄の墓の前に立った。

昨日来たときよりもひとまわり墓が小さくなった気さえした。もちろんそんなわけはないが。

ふと、柚香の言葉がよみがえる。

——自慢の息子みたいなもんだって。

なあ、晴雄さん、あんたには自分の子がいなかったのか。それをいつ頃知ったんだ？

俺に会うよりずっと前か？

初めて教室で絵を描いた時、ごわついた手で晴雄さんはこっちの頭を乱雑に撫でた。それから、自分の古い汚い、未使用のスケッチブックを持ってきて手渡したのだ。

——これを使いなさい。私が最初に買ったまま使えなかったスケッチブックだ。

——なんで使わなかったの？

——あまりに嬉しすぎてね。だから結局、わら半紙に絵を描いてばかりいて、肝心のスケッチブックにはまったく手をつけられなかった。いつか……いや、何でもない。君にやる。

いつか——あの後の言葉はどう続けるつもりだったんだ？

いつか自分の子どもにあげるつもりでとっておいた、か？

あの日以来、父が買い与えたスケッチブックは机の奥にしまって、あんたのを使うようになった。嬉しかったんだ。誰かに何かをもらって嬉しいなんて思ったのは、あの時が初めてだったんだ。

「晴雄さん、俺、帰ってきちゃったよ……晴雄さん……」

それ以上の言葉が出てこなかった。

弔いの虫にやられた。ミイラ採りがミイラになったっていうのは、このことだったのかも知れない。

墓に額をくっつけた。

冷たく濡れた石の感触が、体温を吸い取っていく。

雨が激しくなってきた。

行かなくては。だが、意思とは裏腹に、墓の前に膝をついたまま、立つことができなくなった。

第三話　アムリタ夫人

1

「ベトナム系の子がお好みなんですか？　お客さん」

〈アリスとテレス〉の客引きの男はへらへらとしまりのない笑みを浮かべて尋ねた。

　黒いスーツに蝶ネクタイ。ズボンの縁は泥がはねてシミになっている。いまどきジェームズ・ディーンみたいな髪型をしているのはギャグなのか何周か回って流行ってるのか。

「まあね。そういう子いる？」

「もちろん」

「最近勤め出したばっかりの子がいいんだ」

「お客さん、ビョーキ心配してるんですか？　それなら大丈夫。うちはしっかり配慮してますから」

　この手の配慮というのはどこまで信用できるものなんだろうか。だが、べつにこっちはそんな心配で言っているわけじゃない。

「それに、最近入った子は日本人が多いですね。ベトナムの子っていうと、三年前から勤めてるミンちゃんとか」

通り名じゃ誰だかわからないが、どのみち最近入ったわけじゃないなら、フォンではあるまい。

ここらが潮時か。

懐《ふところ》から写真を取り出した。

「この子、いま勤めてる？　できれば指名したいんだ」

「……お客さん、そういうのは困るんですよ。知ってるでしょ？」

「いるかいないかだけでも教えてくれないか？」

「お客さん……」ため息をつくと男は顔を近づけてきた。急に目が据わる。

「店入るの？　入らないの？　どっち？」

「……またにしようかな」

「その写真の子だったら、勤めてませんよ」そのあとにニヤリと笑う。「でも、ここへは来ましたよ。つい先週ね」

「まさか、客として？」

「気になります？　彼女が指名した子、今夜空いてますよ。どうです？　よかったら九時頃にでも」

スマホを見る。

まだ四時か……。

「わかった。また来る」

「お待ちしてまーす」

遠ざかりながら、ずっと男の視線を感じていた。もしこの店がフォンと深く関わっているなら、自分は怪しまれるのにじゅうぶんな行動をとったことになる。

だが、だとしてそれが何だ？

ほかにやれることがあるわけでもないのだ。

2

店のカウンターは、西さんにとって恰好のうたた寝スポットだ。〈西陽絵画〉を訪れれば、高確率で西さんの寝姿を拝むことができる。まあ滅多に客も来ないから問題はないのだろう。こうして寝顔を見ていると、やっぱりただのサーファーにしか見えない。

かくんと肘を払って起こしてやった。

「痛ぇっ！　最低だな……めっちゃエロい夢見てたのに……おまえは、そういうことをするか？」

「どうせ夢なら早めに醒《さ》めたほうが、がっかり感がないっすよ」

「そんなことないぜ？　夢でもエロいことはしたい」

西さんはそんなことを言いながら、レジの横に備え付けられたポットでお茶を淹れた。二番茶らしく、入れてすぐに二つの湯飲みに注ぎ分ける。

「静岡茶だ。懐かしいだろ？」

「そんなでもないっすけどね、いただきます」

お茶ってのはやっぱり熱くなきゃ美味しくない。茶の旨味がいちばん出る温度なんて知ったこっちゃない。

「東京へ戻る気はまだないのか？」

「とうぶんはいいっすね」

「そうは言っても、いつまでも廃れた画家のままってのもつらいもんだろ？　ええと、で、何の用だ？」

「いや、だから、仕事。どうっすか？　何かありました？」

「贋作づくりとかじゃなくて？」

「もうちょっとホワイトなやつ」

「ないこともないけどな、それ紹介したら、おまえもう画壇に戻る気なくすと思うぞ？」

「……どういう意味っすか？」

「肖像画家ってのも、それなりにいい商売にはなるもんだ。でも、いったんやりだしたらかなり忙しくなって、本業に戻れなくなる人もいる。創作欲求自体が、消えちまう人ってのもね、いるんだよ」

「でも、そろそろ金が必要なんすよ。ほかでバイト始めるくらいなら同じでしょ？」

「よし……さすがに画壇に華々しくデビューした人間の成れの果てがバイトスタッフじゃ俺も涙が出てくる。仕事回してやるか。おまえの創作意欲が枯れない程度に。おまえをこのまま終わらせたら、晴雄さんにも申し開きができないからよぉ」

　曖昧な笑みを返しておく。

「ゴールデンウィークにはなんか仕事入れられないっすかね？」

「あ？　それはさすがに無理だ。ここをどこだと思ってる？」

「え……ああ……そうか」

　ゴールデンウィークというのは、日本人にとって世間一般的にめでたい連休には違いない。が、ここ浜松の人間にとってはまったくべつの意味合いがある。

　浜松まつりの行なわれる特別な期間なのだ。正確には、五月の三日、四日、五日の三日間。

この三日間ほど憂鬱な時期もない。何しろ、一歩外へ出ると大渋滞。子どもの頃はおかげで退屈しどおしだった。車移動が中心のこの街で道路が大渋滞だと、どこへも連れて行ってもらえない。

しかも喧噪はなりやまない。やいしょ、やいそ、おいしょ、おいちょ、さまざまな掛け声が入り乱れて悪夢のミックスジュースができあがり、それを無理やりぐぐっと飲まされて完全にグロッキーになる。

浜松まつりの騒音はそんなわけで自分にはトラウマなんだが、この街全体から考えれば、そんな人間のほうが珍しいだろう。

祭りのエネルギーは、日頃蓄積した鬱憤を解放するためのものでもある。もしも浜松まつりがなければ、この街の人間の寿命はだいぶ縮んでしまっていたに違いない。

実際、友人たちの多くは喇叭《らっぱ》の音を聞いただけで血が騒ぐらしい。幼少期から祭りにお囃子隊などで半ば強制的に参加させられてきた結果、養われた条件反射なのだろう。

まあそれはいい。誰が好きだろうと自分は微妙だというだけの話だから。しかし高校のとき、そんな自分も浜松まつりに行かざるを得ない理由ができた。フォンに会うためだった。

フォンは駅南の〈め組〉に属していて、同じ町内会にいる元同級生の男と付き合っていた。小学校からの腐れ縁で、男女の仲に発展したのは中学の頃らしかった。二人は高校卒業後に結婚すると周りは思っているという話だった。

　高校二年のときにフォンの姿を体育の授業で初めて見て一目惚れしたが、それを知った友人の杏美《あみ》が言ったのだ。

——フォンはやめといたほうがいいよ。商業高校に彼氏いるし、もう長く付き合ってるから、さすがにあんたになんか転ばないって。

　ところが、そんな忠告にもかかわらず、フォンとひょんなことから祭りの夜に一緒に過ごすことになった。翌年の高三の浜松まつりの夜だった。フォンがお囃子をしているという噂を聞き、ふだんなら絶対に参加しない浜松まつりに出向いたのだ。

「祭りに何か嫌な思い出でもあんのか？」

　西さんに尋ねられ、我に返った。

「いや、ないっすけどね……仕事がほしいだけ」

「まあ、探しとくから。それまでは、ほれ、ポルノでも観て。元気になりな」

　ポルノ映画館《さくら》の割引チケットを渡してきた。

　お辞儀とも頷きともとれる程度に浅く頭を下げつつチケットを受け取り、店の外に出た。

　思春期のガキじゃねえんだぞ……ったく。

　アクトシティのペデストリアンデッキを歩く。

　このタワーができた頃の興奮を、身体はまだ記憶している。

何かが変わると信じたときの記憶――でもそんなのは嘘っぱちだった。タワー一つでは何も変わらなかった。むしろ、あの建物は、街の空洞化の象徴になっていったのだ。

やれやれ――。

ポケットから個別包装タイプの治一郎のバウムクーヘンを取り出して食べた。今日も変わらず芸術的な歯触りだ。

それから、田町にある喫茶〈くらんべり〉に入った。店のマダムは十年前と変わらず気品があった。サイフォン式の珈琲を出してくれるのはこのへんじゃここくらいだ。がらんとした街並に不安を感じたら、この店に顔を出すにかぎる。まあ、行くのはじつに十年ぶりなんだが。

ここは街の情報が集まる場所だ。二階にある写真集専門の書店で文化人によるイベントが多数開かれていることもあろうが、マダムの珈琲目当てに老若男女問わずさまざまな人間がやってくるというのも大きかろう。

「あら、画家になった絵描きクン」

マダムは昔から一度見た客をよく覚えている。

「ホットサンドをもらえますか？」

「はい、ホットサンドね」

「あと珈琲」

「はーい」

店内の雰囲気はあの頃と変わらない。カウンター脇に置かれたピンクの公衆電話もそのままだ。落ち着きのある照明が、和とも洋とも言い難い〈喫茶店らしさ〉を極めた小ぢんまりとした空間を優しく照らしている。

「それにしても浜松まつりだから、しばらく街が騒がしくなるわね」

「マダムは参加しないんですか？」話の水を向けてみた。

「するわけないわよ。死んじゃうわ」

改めてまじまじと観察すると、マダムは所作から言葉づかいに至るまでどこかハイカラな空気を纏っている。

「絵描きクン、浜松まつりでいい思いしたこともあるんじゃないの？」

「いきなりゴシップですか？」

「時候の挨拶ってやつよ」

「ううむ……」

「その顔は、あるわね。はい、先に珈琲」

自分の顔はいつから掲示板になってしまったのやら。

「あ、ども。まあ、ないこともないですけど」

珈琲に口をつける。なんで毎度熱いのを忘れるんだろうな、自分は。待てしばしがないんだな……。だが、懲りずに再度口をすぼめて飲む。そうそう、直接舌に当てなけりゃイケるんだ。

「いつのお話なの？　その『いい思い』」

「ん……あれは、まだ高校の頃っすねぇ」

高校三年の五月——蘭都と慣れない足取りで浜松まつりの人混みの中を歩いた。高校生にもなって祭りが初体験だという点では、二人とも共通していた。

目的はただ一つ。フォンを、高校で見るのとは違う角度から眺めてみたかっただけだ。ちょっとした興味ってやつだった。

「当時好きな人がいましてね。でもその彼女には付き合っている彼氏がいたんですよ」

「あら、なに、あなた横恋慕したわけ？」

「そういうわけじゃないんですけど……」

「そうでしょ？」

「いや、というかですね、その男というのが——」

そこまで説明しかけた時だった。

店のドアがカランと鳴って、一人の男が入ってきた。サングラスに、馬の尻尾みたいに揺れる黄金色のロングヘア、薄汚れたジーンズにタンクトップ姿……こう特徴を挙げれば西海岸のプレイボーイみたいだが、たぶん日本人だろう。それにしても、ずいぶんといかつい体格をしている。筋トレでついた筋肉じゃない。力仕事をしているうちに自然についてしまったという類《たぐい》の筋肉だ。

男は俺の右隣にどっかりと腰を下ろした。まあ、それ自体はしぜんなことだ。何しろ店内はカウンターしかないうえに、席は五つしかないんだから。奥にいる老婦人二人から一つ空けた自分の席を除けば、残るは両サイド二席。

ところが、金髪男は座ったものの、なぜか顔はこっちを向いたままだ。真横だし、視線の先を確認しづらいことこの上ない。そんなことを考えながら、なくなりかけた珈琲を惰性で飲んでいた。

すると、突然男が話しかけてきた。

「おまえ、この街に戻ってきたのか？」

男の顔をしっかりと確かめた。

そして、言葉を失った。

「……わるい、誰？」

3

男はふふっと笑ってサングラスを外した。

「俺だよ、俺」

「……ああ……誰？」

この画家の顔記憶能力をナメてもらっては困る。たいていの人間の顔はきれいさっぱり忘れてしまうのだ。よほど強烈なエピソードがないかぎりは思い出せない。

「いやほんとわるい、俺は物覚えが悪いんだ。何一つ思い出せ……あ……」

男がポケットから縁なし眼鏡を取り出してかけた瞬間、謎が解明した。記憶ってのは何に結びついているかわかったもんじゃない。眼鏡ひとつですべてよみがえるとはね。

「思い出したか？」

「……君人《きみと》……か」

かつてのフォンの恋人。

この男から、結果的にフォンを奪い取ることになった。

あの祭りの夜に——。

「久しぶりだな。おまえのことは新聞で知ってたよ」

「どのニュースだろうな。ケツの穴に蛇が入って死にかけたやつ？」

「そんなニュースもあるとは知らなかったけど」

君人は豪快に笑う。あの頃はインテリ風のチンピラみたいな雰囲気があったが、今はそこになんとも言えない風格が漂っている。店の老婦人たちへの愛嬌の振りまき方といい、この土地でそれなりの人脈を持っている者特有の余裕というのだろうか。

「ええと、君人は何してんの？」

「〈うなぎマカロン〉って知ってるか？」

「あ？　〈うなぎパイ〉じゃなくて？」

〈うなぎパイ〉なら春華堂《しゅんかどう》の生み出した永遠のベストセラー商品だ。さっくりとした歯ごたえと〈夜のお菓子〉というちょっと下ネタと誤解されがちなキャッチフレーズが人気で、浜松と言えば〈うなぎパイ〉を最初に思い浮かべる人も多いだろう。

「〈うなぎパイ〉の二匹目の泥鰌《どじょう》を狙った商品なんだ」

この男はあまり遠州弁が出ないな。出身が違うのか、関東に進学したのかも知れない。自分の場合は両親が生粋《きっすい》の遠州人じゃないというのが大きかった。

もっとも、ここでは土地の言葉に馴染むことが必須ではない。よそ者を拒まない風土なのだ。

「鰻なのか泥鰌なのかどっちなんだよ？」

君人は苦笑した。

「とにかく、その〈うなぎマカロン〉で一山当てて今はもう悠々自適さ。最近は店舗や工場の様子を覗きに行く以外はこうしてぶらぶらしてる」

「そいつはご立派な暮らしだな。こちとら〈売れない画家〉っていう名誉のほかは何もねえよ」

「名誉があれば大抵の苦労は乗り越えられるだろ」

「どうかな。その名誉もほぼ底をつきかけてるからな。チャージでもされたら、ちったぁそういう考え方もできそうだが」

金欠状態はいよいよ深刻な次元に突入しつつあった。西さんが本腰を入れて仕事を紹介してくれることを祈るばかりだが、あの男はアテにしていいのかいまだに判然としない。ホワイトな仕事を紹介しろとは言ったが、ブラックもホワイトと偽ってもってくる危険性はゼロじゃないのだ。

「なんだ、俺の知ってる情報より落ちぶれてるのか？」

単刀直入な表現を使ってくれる。落ちぶれてる、か。後世に残したい日本語だ。

「おまえがどこまで知ってるのか知らんよ。ってか、俺たちってこんなふうに気さくに話す関係だったか？」

自分の記憶ではそうではない。君人の記憶だって違うはずだ。

突然肩をバチンと叩かれた。冗談のつもりだろうが、肩が外れそうな衝撃だった。がっはっはと、またも君人は豪快に笑った。

「昔のことはお互い水に流そうぜ。もういい大人だ。そうだろ？」

「金をもつと、人間は優しくなんのかい？」

「らしいぜ」

「信じがたいね。俺の覚えている最後の目は、十年先だろうと、見つけ次第俺を八つ裂きにしてやるって顔をしてた」

「そのほうが好みか？」

あの日の喧嘩は、なかなか壮絶を極めた。

きっかけは、お囃子のあと、フォンが出店のそばで焼きそばを食べているのに遭遇したことだ。てっきり一人でいると思ったので話しかけた。口説くつもりはなかった。高三のときは同じクラスだったし、蘭都も一緒だ。それほど不自然な流れでもない。ただ、思いのほかフォンのほうが嬉しそうな反応をした。

会話が盛り上がりだしたところに、トイレかどこかへ行っていたらしい君人が戻ってきてイチャモンをつけてきた。

無視して去ろうとしたが、君人はしつこく襟《えり》を摑んでフォンと何を話していたのかと問い詰めてきた。それで口論になった。

――ずいぶんと了見の狭い男だな。

――なんだとコラァ！

――いやならトイレ行くなよ。そのへんで野糞してろ。

その言葉で君人の怒りが沸点に達し、鉄拳が飛んできた。よけきるにはあまりに豪速だった。口の中で、鉄の錆みたいな味が広がった。奥歯が一本ぐらぐらしている気がした。なおも君人は馬乗りになってこっちに襲い掛かってきた。

警官が来なかったら、本当に殺されていた可能性もある。

——何やってんだ！　おまえ！

警官は事情も聞かずに手を上げた君人だけを連行していった。蘭都はすでに姿を消していた。警官の姿を見て厄介事はごめんだと判断したのだろう。アイツはいつもああなんだよな。

残されたのは、フォンと自分の二人だけだった。

フォンに責められるのを覚悟していた。こっちにだって非はあったのだ。あんな挑発的なことを言わなければ、君人が殴りかかってくることもなかったんだから。

でもフォンは責めたりはしなかった。

代わりに、こう言ったのだ。

——年に一度の祭りなのに。ずっと一人で屋台を回れって言うの？　ナンパの嵐で無事に帰れないかも知れないわね。

浜松まつりはナンパし放題二十四時間パックだ。そこらじゅうで男が女を口説いている。こんな場所を一人で歩かせるのは、下衆《げす》の餌食になれと言っているにも等しい。酔った男たちはどこまでも強引で品がない。それに、これはどう考えても誘い水だ。

だから、一緒に行動することにした。

「あの晩のことを忘れた日はねーよ。たしかにな。でも、いいんだ。怒りも憎しみも風化する。これは嘘じゃない。それに俺は今は大切なものを持ってるからな」

「金だけじゃないってわけか。うらやましいかぎりだ」

「おまえ、もしかして経済的にヤバいのか？」

「聞くな。耳をふさぎだすぞ」

ははっと君人は笑ってまたベシッと肩を叩く。

「やめろって、次叩いたら病院行きだ」

しかし、こんなふうにこいつとカウンターで並んで話をする日がくるなんて、あの頃の自分に言ったら衝撃で鶏の真似を始めるだろう。

「金、やろうか？」

「あ？」

糸井《いとい》重里《しげさと》もびっくりな言葉のセンスだ。

「金持ちってのは、金の話をしてないと落ち着かないのか？」

こっちの返しに一瞬ムッとしたようだったが、それでも黙って「珈琲一つ」と言ってから目の前の水に口をつけた。

「頼みたいことがあるんだ」

「……おまえ、尾《つ》けてたろ？」

「そう悪く思うな。おまえが帰省してるって噂を、とある映画館で仕入れてね」

ヤッさんか。妙なところで洩れたもんだが、情報屋のヤッさんから洩れるというのは自然な流れでもあった。

「きな臭いな。いまの時代、闇営業はなにかと世間がうるさいんだ」

「違うよ。まっとうな商売だ。ほれ」

懐から取り出したのは会社の名刺だった。

〈うなぎマカロンの今井《いまい》食産〉というのがその社名らしい。今井君人の名前の上には、〈代表取締役〉という肩書きが躍っている。

だが、それだけで信用していいものだろうか？

たとえば、山内組とつながっていて、〈アリスとテレス〉にフォンを探しにきたという情報がコイツに流れて、それで尾行してきたとも考えられる。なにしろこの男はこっちにたっぷり恨みを持っている。

ところが、店のマダムが言う。

「この人はちゃんとした人よ。絵描きクンとは違うんだから」

ここじゃコイツよりも売れない画家のほうが信用がないってわけか。

「で？　そこまでして俺を探してくれた理由は、その依頼とやらと関係があるわけか？」

「まあね」

「これが罠じゃないという証拠は？」

「罠？　何の罠だよ」

「おまえは執念深くあの日のことを恨んでいて、俺がのこのこと依頼に乗ると、浜名湖の底に沈められる、とかな」

「ならそんな面倒なことするか。このまま連れ去る」

それもそうだ。金持ちは頭の回転も速いようだ。

「フオンはおまえと一緒だったほうが幸せになれたかも知れんな」

「今さらだ。別れたのか？」

「……そういう表現もある」

かっかっかっと君人は笑った。

「いや、わるい。だが、今はそう聞いてもさほど喜びもしない。むしろ幸せにしてくれていたほうが嬉しかったかもな。フオンのことはずっと気にしてたからな」

「本当に罠じゃないのか？」

「疑り深い奴だな。依頼の内容を聞けば、罠じゃないとわかるさ。息子の絵を描いてほしい」

「結婚したのか。そりゃおめでとう。で、今は子煩悩な父親ってわけか。息子さんはいくつなんだ？」

「八歳。最近は学校に行ってない」

「引きこもりか？」

「そうとも言う」

「一人の時間をもつのは悪いことじゃないよ。学校なんて何も大切なことは教えちゃくれないんだ」

「俺もそうは思ってるけどな、家でも会話がないと、さすがに心配になる」

「ぜんぜん話さないのか？」

「……まあな」

「で、なんで肖像画を？」

「厳密には肖像画を描きながら、息子と会話をしてほしいんだ。息子も絵を描くのが好きだから、絵描きになら心を許すかも知れない」

「甘い考えだと思うが……いくらなんだ？」

「二十万でどうだ？」

「色も塗るか？」

「できれば」

「なら二十五」

次にいつ仕事が入るかはわからない。この際、稼げるだけ稼いでおいたほうがよかろう。

「刻むなよ。三十にしよう。これ以上は出さないぞ」

「じゅうぶんだよ。金持ちに乾杯しなくちゃな。靴底は舐めないぜ？」

「おまえ、友だちいないだろ」

「ほしいと思ったこともねえよ」

蘭都の顔が浮かんだ。あれは友だちなのか？　よくわからん。浜松に帰省することを思いついたとき、しぜんとアイツに連絡をとった。アイツなら、なんだかんだと言いつつ助けてくれそうな気がしたのだ。そして、実際に蘭都は受け入れた。

「じゃあ、明日の午後一時に、うちに来てくれ。名刺の住所にある事務所の裏側が自宅だ。表札があるからわかるはずだ。インターホンを鳴らしたらすぐに出る」

「で、着いたらこわもての兄ちゃんたちが待ってる、と」

「しつこい奴だな。違うと言ってるだろ。マダム、こいつにわからせてくれよ」

君人が困ったようにマダムに助けを求めた。マダムは目を細めてこちらをひと睨みする。

「ホットサンド、焦がすわよ？」

「……そういう脅しする？　客っすよ、俺は」

状況的に勝ち目はなさそうだった。十年ぶりの再会で、我らの勝敗は入れ替わったわけだ。悪くない。歳月とはそういうものだ。

4

「〈今井食産〉の社長夫人なら、よく知ってるよ。工場はたしか、神久呂《かくろ》のほうかな？」

蘭都の家に戻ってソファでくつろぎつつ君人に会った話をすると、ピクルス用にパプリカを刻みながら蘭都が言った。

「なんで知ってんの？　客か？」

「客――だった。あと、彼女は薬剤師でもあったから、薬の知識で相談に乗ってもらったことが何度かある、かな」

「……ふうん。怪しいね」

「なんでも自分と同じに考えるなよ。僕は君よりまともだ」

しゃあしゃあとこういうことを言う。言い返すのは簡単だが、論証は手間がかかりそうだ。

「で、客だったってのはどういうわけだ？」

「亡くなったのさ、二年前に」

「ああ……え？　そんな話はしてなかったぞ」

「久々に会った相手にする話でもないんじゃないか？」

「そうかも知れないけどな……息子の絵を頼むってことは家に上がるわけだから、事情を一言くらい話してもバチは当たらないと思うぜ」

「僕が彼の立場なら言わないかもな。まあ、でも部屋に入ったら突如監禁なんてことはないと思うよ。息子さんがいるのは本当だから」

「でも怪しいぜ。筋肉だってすごいんだから。こんなムキムキで……あいつ、俺がここに住んでることも気づいていて、尾行してたんだ。単なる金持ちのやることじゃねえだろ。陰険だよ」

「用意周到なだけさ。君はひねくれた見方をしすぎる」

「んなこたねえよ。この世は一歩外に出たら悪人だらけなんだから。用心するに越したことはない。なあ、俺に何かあったら警察に連絡してくれよ」

「心配しすぎだよ。山内組の息のかかったところに出入りしたりするから、そんな余計な心配をする羽目になるんだよ」

「……どこで聞いた？」

　あまりの不意打ちに動揺が走った。

「親父から電話があったんだ」

「え？　お、オヤジさんから……？」

瘦身の白髪頭にアルマーニのスーツを着込んだオヤジさんに最後に会ったのは、高校一年の夏だったか。視線だけで人を殺せそうな男だった。あれで息子を溺愛しているというんだから笑ってしまう。

「〈アリスとテレス〉のオーナーは山内組の組長の山内道夫《やまうちみちお》さん。最近はあまり接点がないが、もとは親父と兄弟盃を交わしているし、今でもその絆は続いてるんだ。組員たちには言ってないらしいけどね。で、その山内さんが、店の前の監視カメラの映像をチェックして、怪しい奴がいるから、念のため小吹組の人間じゃないか確認してくれないかって親父に動画をメールで送りつけてきたんだ」

「で、親父さんが俺だと認知したわけだ」

「君はあんまり高校時代と変わってないからね。それで、何をしてたの？　ポン引きの話じゃ最近入った女の子にベトナムの子がいなかったか聞いてたらしいじゃないか？」

「……そこまでバレてるなら言うことは何もねえよ」

「フォンがあそこで働いてると思ったの？」

「そういう目撃情報があったんだよ」

バロンのことは言えないから説明に困る。

「君、フォンの行方を探してたの？」

何となく今日までフォンの行方探しのことは蘭都には告げていなかった。かっこ悪いのと、迷惑をかけたくないのと、あれこれ指南されたくないのと、理由はいろいろだ。だが、もうこうなっては言わざるを得ない。

仕方なく浜松の消印のある封筒に入った指輪の話をした。

「なるほど。それで君は浜松に帰ってきていたわけか。なんでそんな大事なことを僕に黙ってたんだ？」

「尻の穴まで見せ合う仲だったか？」

蘭都はこっちをまだ責めるような目をしていたが、俯いた。

「……たとえが下品だ。それで、フォンはあそこに勤めてたの？」

「勤めてはいないらしい。けど、客として来たみたいだ」

「フォンって……そういう趣味なの？」

「さあ？　とりあえず、今夜、接客した風俗嬢に会えることになってる」

「親父が君は僕の親友だと話したから、店では丁重に持てなされるはずだよ」

「そりゃ嬉しいね。いや……そんなことより、君人だよ。俺が逆の立場だったら、恋人を奪った相手なんて罠にハメて殺すと思うんだよなぁ」

「大丈夫だよ。君みたいな悪党じゃないって」

「いいから約束しろよ。連絡がつかなくなったら即通報だぞ？」

「わかったよ。ただ、彼の息子さんが引きこもっているという話は気になるね。今井夫人は明るくて人を惹きつける魅力的な人だった。彼女が消えた穴が、いまだに今井家では埋められずにいるってことなのかも知れないね」

「今井夫人にはずいぶんいい印象を持ってたみたいじゃないか？　美人だったのか？」

「美人だったよ」

発言自体を否定されるかと思ったが、蘭都は思いのほか素直に答えると、わずかに遠い目になった。

「似てたんだ。僕の母親に」

「そっか……」

「フォンにも少し似てるけど」

「そう言えばおまえ高校時代、フォンを見ると母親を思い出す、みたいなこと言ってたなぁ」

少年期に失った輝きは姿を変えては立ち現れるのだろう。

「アムリタ夫人。今井夫人のことをこっそりそう命名していた。あの人は、極端に老いることを恐れていてね、いつも僕に老化を防ぐアロマを依頼していたんだよね。それで、処方していたのが、ホーリーバジル。不老不死の薬、アムリタから生まれたハーブだと言われているんだ」

「アムリタ……何語だ？」

「サンスクリットだよ。インド神話に登場する飲み物さ。アスラ族との戦いに疲れた神々が、アスラ族と協力して作ったとされている。だが、その飲み物がふたたび両者間の争いの種になって、また殺し合うことになる」

「そして、アムリタ夫人をめぐって、おまえと君人が奪い合いをしたのか？」

「まさか。僕はそんな趣味のわるいことはしないよ。それに彼女が老いないことを望んだのは、若さや美貌のためじゃないんだ。夫と子どもの行く末が心配だったからなんだ。あの人たちを置いて死ぬわけにはいかない——それが口癖だった。でも結局、彼女は逝ってしまった。望みが叶ったとすれば、老いなかったという一点だけかな」

蘭都は彼女のことを思い出したのか下唇を噛みしめた。その様子を気遣うように、ネロリが蘭都の顔を舐める。

「好きだったのか？」

「僕はそんな恋愛体質じゃないよ」

「もう一度会いたいんだろ？」

「もう終わったことさ。彼女は戻らない。君はどうなんだ？　フォンに本当に会いたいのか？」

「いや……ただ、言いたいことがあるだけさ」

彼女の話をずっとまじめに聞いてこなかった。そのことを一言謝りたかった。だが、もちろんそれだけじゃない。

強がるね、とぼそりと言いながら、蘭都はパプリカをきっちり詰めた甕に酢を注ぎ入れた。

「酒、飲みたかったら飲みなよ。アムリタはないけど、アプルトンならあるから」

「ああ……そうだな」

間もなく八時半。〈アリスとテレス〉に行く前に一杯くらい引っ掛けていったほうがいいか。

よっこらせと立ち上がり、ダイニングに向かう。夜がゆっくりと更けてゆく。フォンのことがうまく思い出せなくなっている自分がいる。あれだけ長い年月一緒にいた女の顔が、もう今は朧《おぼろ》なのだ。

アプルトンと氷を携えて戻ってくると、蘭都は言った。

「その息子さんのこと、僕からもよろしく頼むよ。彼が部屋に籠もっているのは、アムリタ夫人の望むことじゃないと思うんだ」

網戸越しに、喇叭の音が聞こえる。三日後に浜松まつりが迫っているから、リハーサルに余念がないようだ。

太鼓の音、笛の音、喇叭の音。方々からバラバラに奏でられるそれらが、数日先の街の鋭気を漏れ伝えていた。

いよいよ、あの季節がやってくる。

5

夜の九時。

〈アリスとテレス〉のドアを潜った。

「お待ちしてました」

客引きのジェームズ・ディーンは、そう言って昼間よりも丁寧に案内した。蘭都の親父さんの指示が効いているようだ。店内はガラス張りで、紫色のライトの光が反射してエロスの環を作っている。夢の世界へご招待か。

曲がりくねった廊下を帰りは一人で歩かなきゃならない。無事に帰れる自信はあまりない。行き止まりの手前にあるドアを開くと、男は手で中を示した。

室内の照明は赤く、仄暗い。風俗嬢のほうれい線を隠してやるためだろうか。

「こちらです。どうぞ、ごゆっくり」

わざとらしく頭を深々と下げて男は去っていった。

中に入る。

待っていたのは、ベッド脇でウィンストンを吸っている若い娘だった。まだ十代なんじゃないかと思えたのは、アイラインを濃くしてるせいだろう。明るいところで見れば三十過ぎというマジックだったとしても驚きはしない。そういう世界だ。

「いらっしゃいませ。ご指名ありがとうございまーす。ササラでーす」

ササラと名乗った女はすでに下着姿だった。黒の下着がふくよかな肌に食い込んではいるが、持ち前の明るさと派手な顔の作りから、人気の高そうな子だと察しがついた。

さっさとこちらのジャケットを脱がそうと手を伸ばしてくるので、とっさによけた。

「あら、初めてなの？　お客さん？」

「そういうことじゃなくて」

「何回目？」

「……初めてだけど」

ササラはふたたびシャツのボタンに手をかける。面倒だから今度は止めなかった。

「聞きたいことがあるんだ」

「……警察の人？」

「ちがう。こういう子を探してる」

フオンの写真を見せる。

「この子の相手をしたんだろ？」

反応あり。

「したけど？　その時のことを話せっていうの？」

「できることなら」

「お客さん、その子の彼氏？」

「そんなようなもんだ」

「趣味わるいよ。相手の性癖に探り入れるなんて。変態なの？」

「性癖って言葉の使い方が間違ってるよ。あと変態じゃない。何を話したのか教えてほしいんだよ」

「お客さん、わかってると思うけど、ここってさあ、ほら、話すところじゃないのよ。ね？」

「金なら出す」

なけなしの一万をちらつかせる。

「そんな金で大事なお客の情報を売れってーの？」

ササラは最後のボタンを外しかけていた手を止めると、立ち上がってドアを開けた。

「時間の無駄。お客さん、あなたにはわからないみたいだけど、私は身体を売って金を稼いでるの。何もしないでお金もらうわけにはいかないのよ」

説得力のある言葉だった。

結局、彼女の厄介になることにした。悪くはなかったが、その間ずっと頭のなかではフオンのことばかり考えていた。

すべてが終わると、ササラが言った。

「ありがとうございまーす。一時間、三万円でーす」

帰り道で財布を確かめたら、すっからかんだった。

「何をやってるんだ、俺は……」

6

翌朝は身体のあちこちに痛みが残っていた。思いのほか身体を酷使してしまったようだ。

佐《さ》鳴《なる》湖を背にしてゆるりとした坂を上っていくと、甘い匂いの漂う工場があった。〈今井食産〉の看板の下に、マカロンのイラストがある。ここでうんざりするほどのマカロンが日々生産されているらしい。

その工場の裏手に、豪邸と言っていいレベルのお屋敷があった。

マカロン臭に辟易しつつ塀に沿って歩き、家主並みにいかつい門の前にたどり着いてインターホンを押すと、ほどなく君人が現れた。

「来てくれると思ってたぜ」

今井君人はポロシャツにデニムという休日感満載の恰好だった。今日は筋肉を誇るような恰好ではない。あのタンクトップはむしろ業務スタイルなのか。

「約束だからな。ただし、前金制だ」

「わかってるさ。ほれ」

君人はこっちの言いそうなことを予測していたらしく、ポケットから封筒を取り出した。受け取ると、君人の目の前で札束を確認した。

「おいおい、家の中でやれよ」

「……たしかに三十万。それで、息子さんはどこにいるんだ？」

「二階だ。案内しよう」

君人はいったん門の外に出て工場のほうに向かって怒鳴った。

「休憩まであと一時間だ！　しっかり働いてくれよ！」

うぃっす、と低い声が返ってくる。こんなむさくるしい声の連中にかわいいマカロンを任せて大丈夫なのか。

「まじめな連中が多いんだ」

君人は満足げに言うと、先頭を歩き始めた。ヨーロッパの国立ナントカ記念公園みたいに広大な庭園が広がっている。塀の手前に蜜柑《みかん》の樹があるのは地元民への〈静岡と言えば蜜柑ですよね〉的アピールだろうか。家主の清潔感を代弁するように花が咲いていた。

石段を果てしなく進み、もう庭園見学も飽きたという頃合いで、庭園の規模に見合うだけの豪邸にたどり着く。

玄関は自動ドアのようだった。焦らすようにゆっくりドアが開く。主人より気取ったドアだ。

「靴は脱がなくていい」

脱ぎかけていたのでもう少し早めに言ってほしかった。

履き直して追いかける。君人は早くも玄関脇の段差の低い階段を上り始めていた。

「ずいぶん立派な豪邸だな。家族は三十人くらいか？」

「息子と俺の二人暮らし」

「奥さんはどうした？」

「死んだ。二年前だ。交通事故でね」

「それは息子さんが学校に行かなくなったことと関係あるのか？」

「おまえは本当によく喋るな。誰がカウンセリングを頼んだ？」

「絵を描くには時に情報も重要だ。人間の目は、思っている以上に節穴だからな」

「見たまんま描いてくれ。余計な情報で補塡しなくていい」

「聞いただけだ。気を悪くするなよ」

お手上げだというふうに君人は手を上げた。

「着いたぞ」

階段が終わってすぐの白い廊下の手前にオレンジ色のドアがある。君人はその前に立ち、ノックした。

「和人《かずと》、お客さんだ。ほら、昨日話してた絵描きさん。開けていいか？」

こっちに話すときとは違って、ずいぶん気を遣った柔らかな口調だ。こいつは存外親馬鹿なのか。学校に行かないと子どもが駄々をこねて、そのまま受け入れたのかも知れない。

君人は目で中に入れと促した。言われるままにドアを開けた。

君人は拳をこちらに向けてから階段を下りていった。あとは任せた、か。部屋に入った。

中では一人の少年が壁際にしゃがみ、床にノートを広げて何やら描き込んでいる最中だった。

ぶらりと歩いていって、覗き見た。まさかこんなところで市《し》井《せい》のピカソにお会いできるとはね。世の中捨てたもんじゃない。それともこれは画壇から離れて絵に対するハードルが下がっているだけか？　いやそんなことはどうでもいい。

「いい絵だね。のびのびと描けている」

実際、ここまで迷いのない絵を描く子は珍しい。何が原因なのかはわからないが、日本には東南アジアの子どもが描くようなヴィヴィッドな線が描けない子が多いのだ。かつてはテレビアニメに原因があるかのように語る論者もいたが、本質を突いた意見とは言えまい。

せっかく褒めてやったのに、少年は何も言わずに絵筆を走らせている。集中しているときにはこちらの声は聞こえていないのか。

和人が描いているのは、女性の絵だった。

ゴーギャンのタッチに近いな。シンプルでグラデーションを考えない色使いや、太い線で囲われた輪郭、さらには遠近法をあまり意識していない描き方。素人は遠近法を重視しない描き方をすることが多く、単に素人くさいだけともとれる。意図したかしていないかよりも、構図のダイナミズムで見分けたほうがいい。その点、和人の絵は従来の絵画技法の習得云々への言及を黙らせるだけの迫力に満ちていた。

おそらくその迫力をもたらしているのは、この被写体への愛情だろう。部屋に籠もって外界と接触のない少年が描くとしたら、その人物が誰なのかは考えるまでもない。

「お母さんを描いてるのか？」

やはり返事はなかった。言葉というツールは少々合わないようだ。

ならば、べつのツールを用意するか。

鞄から画材を取り出し、イーゼルを組み立てて載せると、まず絵を描いている和人をどの構図で描くかを選定する作業に入った。

君人の狙いがコミュニケーションを交わすことにあるのはわかっているが、残念ながらこっちは画家だ。できることは、絵を描くことしかない。

この子にポーズをとらせるのはまず無理だろう。ならば、一心不乱に絵を描く横顔をデッサンしよう。少年は鼻が高く、睫毛《まつげ》が長くて女性的だった。

母親がきれいな人だったのだろうことは少年の絵からもわかる。

アムリタ夫人は、どんなふうにこの少年に笑いかけていた？

なぜか少年の睫毛を描きながら、フォンの睫毛をベッドの隣で眺めていた頃のことが思い出された。何を見ても何かを思い出す、とか言ったのはヘミングウェイだったか。そうだな。たしかに睫毛からフォンへと、記憶は驚くべき跳躍を図るらしい。

しばらく描き進めたところで、身体が痛くなってきた。ずっと同じ姿勢で絵を描いていると、足腰がやられてしまう。

「ちょっとブレイクしないか。ストレッチしてくる」

少年は答えず、黙々と絵を描いている。

スケッチをその場に残して、退室した。

一階のリビングへ向かうと、君人がオレンジをまるごとミキサーにかけているところだった。

「どうだ、絵の調子は？」

「順調だよ。モデルが無口だと仕事が捗《はかど》る」

「何か話したか？」

「そう焦るな。まず対象をよく見る」

「アイツは、母親が交通事故に遭った瞬間を目撃しちまった。以来、一歩も外へ出ようとしないんだよ」

　穏やかな早逝なんてめったにない。蘭都が君人の妻の死に言及したがらなかったのはそのせいだろう。

「事故が起こった時にその場にいたってことか？」

「よくある高齢者によるブレーキとアクセルの踏み間違えさ。一緒に歩いてるところを、自動車が歩道に向けて突っ込んできた。あいつは和人を突き飛ばして自分だけが轢《ひ》かれた」

　君人はできるだけ穏やかな表情を保つ訓練工場にでも通っていたのか、見事なまでに悔しさも哀しさも見せずにそのくだりをしゃべり切った。

「目の前で親が死ぬってのは、どんな気分なんだろうな」

　君人はぼんやりとそう問いかけた。

「どんなって……俺にわかるわけねーだろ……」

「俺は身体の一部がもがれるような気がした。子どもだったら、そんなレベルじゃないんだと思う。しかも目の前でだからな……」

「だから部屋に籠もってるんだろうな。彼が何の絵を描いてるか、知ってるか？」

「いや……俺を部屋に入れようとしないんだ」

「よく俺を入れてくれたな」

「おまえの絵をネットの拾い画像で見せた。これを描いた人に会ってみないか、と言ったら、いつなのかと聞いてきた」

「俺のどの絵を見せたんだ？」

「もちろんデビュー作さ」

「俺のデビュー作は優秀だな。どんな人の心も口説き落とせるらしい」

「モデルがいいんじゃないのか？」

「おまえの元カノだからな。奥方はフオンに少し似てるのか？」

「……考えようによっては」

「なら、和人クンが俺の絵を気に入ったのは、絵じゃなくてフオンのおかげかもな。しかし、今のところ一言もしゃべってはもらえてない」

「だが、部屋には入れてもらえた。俺よりマシさ。それに、アイツはシャイだからな。言葉を交わさないからといって心を開いていないとはかぎらない。とにかく相手をしてやってほしい」

「三十万ぶんはやるさ。でも保証はできないぜ？」

「わかってる。今は何かにすがりたいんだ」

君人は目の前に搾りたてのレッドオレンジジュースを置いた。

「すっぱいな……」

一口飲んで正直に告げた。

「胃が元気ならそうは思わない」

「そうか？　まあそうかもな」

筋肉を育てている奴ってのは栄養管理を徹底していると聞いたことがあるが、君人も例外ではなさそうだ。まさかかつて自分を殴りまくった野郎のお手製フレッシュジュースを飲む羽目になるとはね。

「それで、和人は何の絵を描いてるんだ？」

「ああ……いや、すっぱ！　胃とか関係ねえだろ、やっぱり……」

このまますっぱさにかまけて質問をやり過ごしたかった。自分から口を滑らせたこととはいえ、和人の秘密を君人に話すことに気が引けたのだ。

それでも、この状況では正直に話す以外の選択肢はなかった。

「亡くなった母親さ」

「……過去に囚われるなって何度か言ってはいるんだけどな」

「無理な相談なのは、おまえがいちばんわかってるんだろ？」

「だが……悲しみのループには終わりがないんだよ」

「奥さんに今もすがりつきたくなる自分の弱さを見るようで嫌なんじゃないのか？」

経営者という分厚い仮面と鋼の筋肉でコーティングされたこの男が、その下に溜め込んだ二年の迷いが、亀裂から垣間見えた。

「そのとおりだ……」

君人は、壁際にある背の高い棚の最上段にある扉を開き、手を伸ばして鞄を取り出した。表に、家族写真がシールにして貼られてあった。

「妻の仕事鞄だ。ほかにも、彼女のものはすべて手もつけずに保管してある。どれもこれも捨てられないんだ。何度捨てようとしても……。だけど、悲しみに暮れて終わるには人生はあまりに短い。なかでも青春ってやつは新幹線のぞみ並みに一瞬で過ぎ去る。だからこそ和人には……」

「気持ちはわかるけどな。ちなみに、描いているのは一人だけだ。和人クン自身もあんたも描かれてない。彼はただ母親だけを描いている。横顔、正面、半身、全身、いろんな彼女がキャンバスの中にいる」

「……俺には何も話してくれないんだ」

「絵に興味をもってやったことは？」

「あるさ。でもダメだった。最初は多少話してくれても、少し話を掘り下げようとすると、すぐに何もかもをしまい込んで寝たふりを決め込んでしまう」

「その態度を叱ったことは？」

「なかったはずだが……関係あるのか？」

「少しは。あの年頃の子は一度敵とみなした人間を受け入れない」

自分の体験だった。母親のことも父親のことも、自分はある時から敵とみなした。自分のことを理解せず、いつも自分たちのことで頭がいっぱいだった親に、嫌気がさした。それこそ、和人と同じくらいの年頃のことだ。

「どこかのタイミングで、おまえは敵と認識されるようなことをしたのかなと思ってさ」

「他人の家庭だと思ってずけずけ言うな」

「気を遣うほどの親しさじゃねーからな。ここで殴り合いになってそれきりになっても、俺の懐には三十万が転がり込んでるし、俺は文句がない。気を遣われたかったか？」

「いや、正直に言ってくれてありがたい。というか、おまえならきっと何でもあけすけに言ってくれそうな気がした。おまえの絵はそういう絵だからな」

「いつからＦＢＩの心理分析官になったんだ？」

ふふっと君人は笑った。

「フォンとおまえは似合ってるよ。別れたのはもったいないな。フォンもおまえも、真っ正直なところがある」

「……高度な褒め殺しか？　俺は嘘つきだよ」

「おまえは嘘つきなことに正直だ。だから好感がもてる」

「他人の好感なんてクソ喰らえだ」

「俺はそうは思えないんだ。どこかで他人に好感を持たれようと必死であれこれ根回しをしながら生きてる。高校時代も今もたぶんそうなんだ。フォンの心が離れたのも、おまえのせいじゃない。俺自身の問題でもあるさ」

「……まあ、そう落ち込むなよ。おまえにもいいところはあるぜ。すっかり大人になっちまって、何をされても怒らないところさ」

「……」

「俺がこのジュースをおまえの顔にぶっかけたらさすがに怒るか？　いや、きっと怒らないな。おまえは立派なご身分を手に入れてる。涼しい笑顔でタオルで顔を拭ってハイおしまいだ。ご立派な筋肉とマネーで感情をコーティングしただけのいけ好かない豚野郎だ」

君人は静かに笑った。

悲しい笑みだとも、疲れた笑みだとも思えた。

「まったくだ。俺は豚野郎だな、きっと」

こっちもへへっと笑った。

が、次の瞬間、身体が床に倒れていた。

口が切れて血の味がした。

予想外のクリーンヒット。殴られるのはいつになっても痛い。歳をとったぶんだけ耐性がなくなっているせいもあって余計に。

「これでいいのか？」

「……まあ、及第点ってとこだ。今のは何のぶんだ？　さっきからの悪態のぶんか？　それともフォンを奪われたぶんか？」

「ぜんぶさ。訴えろよ。もっと金がとれるぞ」

幾分落ち着きを取り戻した声で君人は言った。

「おまえの息子が心を打ち明けない理由もよくわかるぜ。おまえは生き方が下手クソすぎる。それと決定的な勘違いがあるよ。道なんてものは、どこでだって修正可能なんだ」

我ながら嘘くさい理屈に聞こえた。

また嘘をついたかも知れない。

「息子の友だちになってやってくれ」

絞り出すような声で君人は言った。

「断るね。それはおまえのやるべきことだ」

「もうたくさんなんだ！　毎日毎日、壁に向かって料理を作って、いつの間にかただ空いた皿が返されて終わる……耐えられないんだ……きれいごとを言うなよ。親子で向き合えるなら、おまえに頼んだりしない。理解不能な組み合わせがたまたま親子として一つ屋根の下にいることだってあるんだよ」

ひずみに気づきながら、無理をして走ってきたのか。

切れた唇は三日もすれば元通りになるが、人の死が残した傷は一生ついて回る。あとは風化するのを待つだけだ。

「……おまえがそう思うなら、それが真実なんだろうさ」

それ以上言えることはなかった。

身を起こす。

殴られた拍子にオレンジジュースがこぼれたのには気づいたが、それがテーブルの上に置いていたスマホにかかっていたのは想定外だった。ボタンを押したがまったくの無反応。

「ありゃりゃ……あああ……ご臨終だ……」

言ってから最悪のタイミングで最悪なことを言ったなと思ったが、言葉ってのは残念ながら引っ込まないのだ。

往生際わるくその後も何度かボタンを押してみたが、スマホは、クラブハウスのお高く留まった女みたいに指にまったく反応を示さなかった。

7

和人の部屋に戻ったのは、その十分後だった。君人にはもう面倒くさいからいちいち声をかけなかった。落ち込みたい奴には落ち込ませておくさ。

「やあただいま。どう？　絵の調子は」

ずいぶん長い独り言を言ったのかな、俺は。

和人は相変わらずのだんまり調子だった。

果たして絵を描き終えるまでに口をきいてもらえるんだろうか？

「お父さんと話す気はないのか？」

無言。ただし、絵筆は進んでいるようだ。下書きはせずに最初から太い線を絵具で描いている。これで線がぶれたりしないから立派なものだ。

とりあえずはこっちも負けじと鉛筆をとり、デッサンの続きを再開する。輪郭はほぼ描き終えていた。今からは細部の描写だ。

和人の表情をそれとなく観察しながら、その断片的情報を寄せ集めて、描き留めたフォルムに自然な形で肉付けしていく。

「お父さんが嫌いか？」

これにも返事なし。

「血……」

ふと、和人が顔を上げてこっちの口元を指で示した。

「ん？　ああ、お父さんと喧嘩したのさ。お父さんに殴られたことは？」

首を横に振る。

たしかにDVが行き過ぎた父子家庭という印象はない。もしそうなら、わざわざ招き入れて息子とコミュニケーションを取らせたりはしないだろう。

三十分経過した。絵のほうは完成間近だが、コミュニケーションのほうは負け戦《いくさ》の匂いがし始めていた。

和人がふと、質問を繰り出した。

「どうしてそんなにうまく描けるの？」

いい傾向だ。質問は相手への興味を示す。爪が汚いねでも、髭が濃いねでも、何でもいいんだ。人類よ、質問をせよってやつだ。

「絵が好きだからさ。絵は言葉が要らない。この世界じゃ言葉にしたら厄介なことが山ほどあるが、絵の世界ではすべて許されてる」

「喧嘩になるようなことも？」

「人を攻撃するために絵は描かないよ。そうだな。もっと、もやもやした怒りとか喜びとか、悲しみとか……俺の感じるそういうもやもやを、誰かも同じように抱えてるかも知れない。その人に届くようにするには、自分のイメージを再現できるようになるまで練習しなくっちゃな」

言いながら、ここ数年そんなふうに描けていなかった自分を振り返る。自分はじつにつまらない理由で絵を描いてきた。

「……たのしい？　そんなに人に媚びへつらって」

「んぁ？　よくわからないな。誰かに媚びたりしないよ。ただどこかにいる俺みたいな誰かに向けて描いてるだけさ」

「そんなの、いないよ」

「いるよ」

なぜこんな強い調子になったのかは、自分でもわからなかった。だが、そのとき、脳裏にあったのは、確実にフォンだった。

あれは、初めて話した浜松まつりの数日後のことだった。彼女が絵を描くところを見たいというので、母親が外出しているあいだに自室へと案内した。

まあ母親の外出自体があの頃は多かったから、あまり時間帯を選ばなくても二人きりになれる率は高かったのだが。

初めて部屋を訪れたフォンは、南国の海にでも来たみたいに目を輝かせていた。そして、ベッドに大の字ダイブしてから「蒼の匂い」と言ったのだった。それから、今までの自信作を見せて、と言った。

すぐに、ファイルの中からとっておきの一枚を見せた。中学の終わりに描いた真夜中の向日葵《ひまわり》の絵だった。その絵を描いた前日、母親は新しい恋人ができて家に一晩中帰ってこなかった。

もう寂しいなんて年齢じゃない。だが、改めて一人で生きていくとはどういうことなのかを考えながら、庭先の向日葵を描いたのだ。

――こんなに「私、何も言いたいことないですよ」みたいな顔した向日葵を見るのは初めてね。

フォンの表現は何とも言えず独特だった。日本語におかしいところはないのに、聞き終えるとどこか違和感を抱く。それでいて、くせになる。

――けなしてんの？

――褒めてるのよ。誰かのために向日葵のふりをしてる優しい人みたい。私、いまちょうどこの絵が必要だったの。

――へえ。じゃあやるよ。でもこの絵は、親なんてクソだって思いながら描いてたから、自己主張の塊だよ。

すると、笑いながらフォンは言ったのだ。

――だったら、あなたの孤独と、私の孤独がぴったり合ったってことね。こういうの、一石二鳥っていうの？

ことわざの使い方はだいたい間違っていた。

そうだ。本当の意味でフォンに惚れたのは、あの瞬間だった。あのとき、一生涯彼女を手放しちゃいけないと、心の底から思ったんだ。

「君はなんで母親の絵ばかり描いてる？　腹の底の寂しさを吐き出すだけならトイレに流せばいいのに、君はそうしていない。なぜだ？」

「べつに理由なんて……」

「あるはずだよ。俺と話してみたかったのも、俺なら絵に興味をもってくれると思ったからだ。君は自分をわかってくれる人がほしいのさ」

「ちがう」

「なら、なぜ父親には絵を見せないのに俺に見せた？」

「僕の絵は……下手だから……」

「なぜ下手だと思うんだ？　人に見せたことがないなら、どうやって判断する？」

「あるよ……見せたこと。ぜんぶママにあげてきた」

ようやく魚が針にひっかかった。だが、ルアーは慎重に引かなければ食いちぎられる。

「ぜんぶあげてきた？ なら喜んでくれてたんだろ？」

「ちがったんだ。ママは捨ててた」

「捨てていたって……？」

「お葬式のあと、部屋中探したけど、見当たらなかった」

「自分の子が描いた絵を捨てる母親なんているわけないだろ」

おざなりな発言だった。親に何の理解も示されなかった者がこんなことを言っても嘘くさいだけだ。

「……じゃあ絵はどこに行ったの？」

「わかんねーけどさ……」

ドアの向こうで君人の声がしたのはその時だった。

「おい、恋人が来てるぜ？」

勢い込んでドアの外に顔を出した。

まさか、フオンが？

だが――ドアの外に立っていたのは、蘭都だった。

「ど、どうした……？」

登場の意味がわからず、戸惑いながら外に出てドアを閉め、わずかにドアから遠ざかる。

「いや、電話したのに通じないから……」

蘭都が居心地悪そうに言い訳をする。

「あ、そうか」

万一のことがあったら、とそう頼んだのは自分だった。すっかり忘れていた。

「嬉しいねぇ、もうこれぞ友情……愛の深さに涙が出る」

こっちの嫌味を蘭都は鼻で笑った。

「確認しにきただけだから、無事なら帰るよ」

「アルソックじゃねえんだからまあそう言うなって。ちょうどいい。おまえに頼みたいことがあるんだ」

「……何？」

中の和人に聞こえないように声を落とす。

「この部屋に今井夫人の息子がいる。引きこもりの原因は母親の死だが、厳密に言えば、母親に生前あげていた絵が捨てられていたことがショックだったようだ」

「捨てられていた……？」

「そう本人は思ってる。おまえの知ってる亡き母親の印象でも何でもいいから、何か語ってやってもらえねえか？　おまえしかいないんだよ。アムリタ夫人の息子の心を開けるのは」

蘭都は言ったのだ。

――いかなる意味でも、彼が部屋に籠もっているのは、アムリタ夫人の望むことじゃないと思うんだ。

そう思うのには、コイツなりの根拠があるはず。

「……ちょっと入らせてもらおうかな」

さすがは接客業。ノックの仕方からしてスマートだ。こいつなら穏やかに上品に強盗ができてしまうんじゃないかという気がする。

和人からの抵抗があるかと思ったが、拍子抜けするほどすんなり受け入れられたようだ。蘭都の纏ったアロマの効用か？　蘭都に続いて部屋に入る。一度背後を振り返って君人を見た。

「来るか？」

「いや……やめておく。頼んだ」

頷いて中に入り、ドアを閉めた。

蘭都はただ椅子に座って和人の絵をしげしげと眺めていた。和人は居心地悪そうにちらちら蘭都を気にしつつ、また絵筆を進めている。すると、蘭都が切り出した。

「君の絵を見るの、僕は初めてじゃないんだ。君のお母さんに見せてもらったことがある」

和人がぴくんと反応して顔を上げたのも当然だった。まさかそうダイレクトな話が出るとは。コイツは昔からこういうカードを隠し持っている。和人は蘭都をじっと見つめ、なぜ、と問いかけたそうな顔をしている。

「車に乗るのはきらい？」

「……だいじょうぶ、と思う」

自分の感覚に確認をとりながらといった感じで、ゆっくりした口調で和人は答えた。

「よし、じゃあ、ドライブに行こうか」

「え……」

「おまえ車で来たのか？」

「君と違って免許はあるんだ」

「知ってるよ」

バス利用者を愚弄する気か。まあいい。実際、この街じゃ、免許なしで生きるなんてなかなか不可能に近い。遠州鉄道にがんばって地下鉄でも通してもらうか。

自動車万歳。遠鉄がんばれ。エールを送りつつ、荷物をまとめ始めた。

8

蘭都が運転席に乗り込む。和人を後部シートに乗せてから助手席に座った。君人は留守番を選んだ。「俺は行かないほうがいいだろう」と言われ、「そう思うよ」と答えた結果だった。

代わりに、完成した絵を渡した。奴は絵を熱心に描く息子の姿を愛おしげに眺め、「いい絵だ」と言った。君人にとっては、見たくても見せてもらえない制作風景だったかも知れない。

——何にせよ、和人が外に出た。それだけですごいことだ。よろしく頼んだ。

蘭都の車は、ＭＪＱ《モダン・ジャズ・カルテット》のナンバーなんかを軽快に流しながら進んでいく。おかげで車内に男子三人というちょっとむさ苦しい状況に多少の洒脱さがもたらされた。

「君はお母さんの職業は知ってる？」

「薬剤師」

「そうだね」

「君人の稼ぎなら働く必要なさそうだけどな」

「そういう問題じゃないでしょ。誰にでも働く権利はあるし、人によってはそれがアイデンティティとつながっていることもあるさ」

「俺は金持ちの女と結婚したら五年に一枚絵を描くよ」

「君はそういう人間だからな」

蘭都はこっちの脱線をどうにか修正しにかかる。

「で、君のお母さんだけど、薬剤師って言ってもいろいろなパターンがあるんだよ。君のお母さん――ええと、ちゃんと名前で呼ぼう、楓子《ふうこ》さんの仕事は訪問薬剤師だった。薬局まで行けない人の家を訪問して、処方箋をもとに薬を用意したり、たくさんの薬を服用しなければならない人のために、薬の管理をして飲み忘れや混乱を防いだりする。街になくてはならない存在だったんだよ」

楓子さんが訪問薬剤師だったという事実は、どうやら和人も知らなかったようだ。親の仕事への理解なんて、案外そんなものかも知れない。かく言う自分も、この年になっても親父の仕事が何だったのか、ぼんやりとしか理解していない。

「着いた」

やがて、一軒の家の前で蘭都は車を停めた。

だいぶ古びた家に見えた。インターホンのカバーはひび割れて中の配線が見えており、押しても何の反応もなかった。蘭都は気にせず玄関の引き戸を開いた。

「北原《きたはら》さん、いますか？」

「ぁあ？」

珍妙な声が返ってくる。

「さよさん、蘭都です」

「ああ、何よぉ、蘭都クンだかぁ？」

それから、北原さよと呼ばれた年寄りは家の仄暗い廊下の向こう側からゆっくりと杖をついて歩いてくる。玄関までやってきてようやく俺たち二人の存在に気づき、しげしげと見た。こっちにはだいぶ警戒心をもったようだが、そのあとでとなりの和人に気づき、目を丸くした。

「ふうこさん……」

さよさんは絶句してから、説明を求めるように蘭都を見やった。説明を求めたいのは、自分も同じだった。

「北原さん、この子は、楓子さんの息子さんなんだ」

その言葉に、ようやく北原さよは合点がいったというふうに深々と頭を下げた。

蘭都はこっちに状況を伝えるべく解説を加えた。

「北原さんは楓子さんの紹介で、月に一度、在宅でアロマテラピーを受けてるんだ。北原さん、こちらの息子さんに楓子さんのことを、お話ししてもらいたいんです」

「……どういうことよ？　うちの知ってることなんてわずかだで……」

「こちらの息子さんは、描いた絵を楓子さんにプレゼントしていたのに、彼女がぜんぶ捨てていたと思っているんです」

さよさんは眉間に皺を寄せると、かぶりを振った。

「そんなわけないらぁ。何言ってるだよぉ……上がりな！」

9

「あんたのお母さんはほんとにいい人だに？」

さよさんは、うなぎパイをバリバリと入れ歯で噛み砕く。

目の前に淹れられた濃すぎる緑茶は、まだ手が付けられないほどに熱い。薬缶で沸かしたらしいから、席を立つ頃に飲めるようになるのではないか。

「毎月うちの薬箱を調べて、処方箋見ながら、足りない薬を補充して帰って……うちはな、数年前までリウマチが酷くて、五十を過ぎてから滅多に外出もできんくて困ってたんだに。でも、楓子さんに紹介されて、アロマの先生まで家に来てくれるようになって……本当に楓子さんがいい人で助かっただよ。あの人、身体痛くても毎日動いたほうがいいって言ってくれてね、散歩に付き合ってくれたりもしただよ」

訪問薬剤師の仕事の範疇は明らかに超えている。ほぼボランティアか。だが、地域によってはそうせざるを得ない場合もあるんだろう。高齢化が進み、支えを必要とする人は多い。楓子さんにとっては自然な流れだったのだ。

「最初はあれだに、うちもこんな老いぼれがいまさら何始めるだよって言っただけどね、楓子さん、『どんな人も、未来の一年生です』って言ってさぁ」

なかなかのパワーワードがあったもんだ。北原さんはいつの間にか涙ぐんでいる。いや待て。いい話には違いないが、そもそも蘭都はなんでこんな婆さんのところに俺たちを連れてきたんだ?

すると、さよさんが立ち上がって奥へ引っ込み、何かを持って帰ってくる。絵の入った額縁だった。

「……そのときに、楓子さんがこの絵を見せてくれただに」

「これは……」

どう見ても、和人のタッチだった。豪快な一筆描きによる太い線、原色に近いシンプルな色使いと大胆な構図。そこに、浜松のゴーギャンとでも言えそうな器の片鱗が見える。

描かれているのは、闇に輝く白い花の絵だった。おそらく、蜜柑の花なんだろう。そう言えば、君人の家の庭には蜜柑の樹があった。

「これあんたの描いた絵だら? 楓子さんそう言って自慢してたに。うちはこの絵見ると心安らぐから、眠れない夜が続くと、そのたびにしばらくこの絵貸してって言っただよ。そうしたらいいですよっていつも言ってくれてね……まさかあんな事故が起こるなんてねぇ……それで、返せんくて今日まできただに」

「なんで僕の絵を……？」

　すると、蘭都が口を開いた。

「君の絵は楓子さんが世界とつながるための切符だったんだ」

「世界と――つながる？」

「君には理解できないかも知れないが、大人になったからと言って誰もが簡単に世界とつながれるわけじゃない。君のお母さんは、世界とつながるための道具を持っていなかったんだよ」

「……どういうことですか？」

「お母さんは人とうまく話せなくていつも悩んでたんだ」

「……ママが？　そんな……ママは……」

「発達障害、と言われるケースだったのかも知れない。少なくとも、お母さん自身はそう思っていて、僕のところにアロマテラピーの施術を受けにきたんだよ」

「……聞いたこと、ないです」

「子どもに話すことじゃなかったんだろう。それでも、彼女は大学で薬学部を卒業したこと、そして一生涯手に職をもって生きることに誇りを抱いて生きていたんだ。

　大人ってね、君が思うほどオトナなわけじゃないんだよ。君のお父さんもお母さんも、不器用なところをいっぱい持ってる。僕だって、ここにいる画家崩れの男だってそうさ」

「人を豆腐みたいに言うんじゃねーよ」

無視して蘭都は続ける。

「みんな悩みもなく生きているように見えるけど、そうじゃない。どうやったらうまく社会で生きていけるのか。どうやったら毎月の生活をきちんと送れるのかを考えてる」

「それが、なんで僕の絵なの？」

「君のお母さんは、お客さんと心の対話をするきっかけが欲しかった。それで、君の絵をお客さんに見せていたんだ。君の絵は素直だ、と彼女はいつも言ってた。息子の絵のように、素直な心で人と接したいけれど、自分には難しい。だから、息子の絵にはいつも助けられている――ってね。君の絵を自慢すると、お客さんも君の絵に感心して心を許していろいろ話してくれるんだってさ」

和人は額縁の中で燦然《さんぜん》と咲き誇る白い花を見ていた。

「うそだ……」

まだ、彼は霧の中にいる。今いる場所はろくな場所ではない。そこから動いて、少しでも光の射すほうへ進むことも、それはそれで恐ろしいことかも知れない。

「わかってほしい。楓子さんは君の絵を棄てたりしていない。大切なお客さんに、生きる力として見せていただけさ」

さよさんの号泣ぶりが激しくて、出かけた涙が引っ込んだ。婆さん、ここはあんたより和人に泣いてもらいたい場面なんだが……。

　まあいいか。

「とってもいい絵だに……。暗い中でこう、手を伸ばす感じで……周りのしゅうがどんどん死んでっても……生きろって……そう言われてるみたいでね……」

　さよさんは和人に絵を渡そうとした。

だが——和人は無言でそれを押し戻し、首を横に強く振った。

「もっていてほしいそうです」と横から解説しておく。

「うちがこれからも預かっていて、構わんのけ?」

　さよさんの言葉に、和人は力なく頷いた。

それから、がっくりと膝をついたかと思うと、ぼろぼろと大粒の涙をこぼし始めた。

その背中に、蘭都が声をかけた。

「帰ったら、お父さんに尋ねてごらん。お母さんのお仕事用の鞄はある?　って。きっとお父さんはとってくれてる。その中に、君の作品は全部しまってあるはずだよ。お母さんが以前、そう話してくれていたから」

　君人が背の高い棚の最上段にしまっていた鞄を思い出す。

あの鞄の中に、和人の絵は入っていたのか。

「君は楓子さんの……お母さんが人と心を通わすための切符を作ることができた。その切符職人が、世界に背を向けて部屋の中で生きるのか？」

10

帰りの車内で、和人は眠っていた。

久々に外の空気に触れたから、きっと疲れたのだろう。

「さっき、うちにお客さんが来た。思いがけず、君の話になったよ。誰だと思う？」

こういう無茶ぶりのなぞなぞは苦手だ。

「知らん。誰だよ？」

「〈アリスとテレス〉の指名ナンバーワンガール、ササラちゃんだよ」

「……ああ」

「君が僕の家にいることまで彼女は調べ上げてた。たぶん、山内組もそれなりに調べてるんだろうな。君が知りたかった情報を、僕に代わりに伝えていった」

「……なんで直接言わねえんだよ？」

「神聖なる職場で客とそういう話をしたくないんだとさ。守秘義務にも反するしね。でも僕のことは信用してるから友人として話してくれた。聞きたい？」

「聞きたくないとでも思ったか？」

蘭都はけらけらと笑いながらハンドルを左に切った。わずかに車体が揺れて、和人がこっちに肩を預けてきた。

「フォンはササラちゃんとは寝なかったそうだ」

「……だろうよ」

「ちょっとホッとした？」

「いいから続きを言えよ」

「どうも彼女は以前勤めていたヒメノって子のことをあれこれ尋ねていたらしい」

「ヒメノだぁ？」

「もちろん通り名だろうね。本名じゃない。そのヒメノって子は三カ月前から急に無断欠勤しだした。連絡もつかないからオーナーが自宅を訪問したそうだが、結局詳細は教えてもらえなかったらしい。ササラちゃんにわかってるのは、そのヒメノちゃんが店を辞める間際、信じてた人に裏切られたって泣いていたことだ」

三カ月前——か。

何かが引っかかる。何だったか。

記憶の箱をひっくり返す。が、あまりに取っ散らかった記憶はよけいに見つけにくい。

「とにかく、フォンはそのヒメノちゃんについて尋ねていたわけか」

　和人がむぐむぐと何事か寝言を言う。わずかに、目に涙が溜まっているようにも見える。いい夢を見ているといい。

　帰ったらお父さんと話せ。久しぶりに、息子がおまえに話しかけるぞ。

　よかったな、君人。鞄の中身を、見せてもらえ。

「しかし、なんだか、妙なもんだ。こんなガキに絵について教えられた気分さ」

「何が？」

「いや……世界と対話する切符、か。俺の絵画認識は狭かったなぁ」

「君にとっての絵画は、何だった？」

「わからん……絵で常識を覆せる気がした。愛人と消えた父親も、ヒステリックな母親も何もかも壊せる気が。絵を描いてるあいだは俺はいつでも無敵だったんだ。でも、今ではよくわからん。もっと穏やかなものだったのかもな……」

「もっと穏やかっていうと？」

「……わかんねーよ」

「たとえば、フオンに見せたかった光景を見せる、とか」

「わからんと言ってるだろうに。勝手にしゃべるなよ」

「いや、君はもうわかってるさ」

　自分は、わかっているのだろうか？

失ってしまったアロマについて。

ＭＪＱのバイブラホーンは、相変わらず軽やかに星屑を振りかける。男三人のむさくるしい車内のために。

目を閉じた。

フォンに見せたかった景色を、探すために。

第四話　アフターローズ

1

その電話は、アラームみたいに朝の十時ぴったりに突然鳴った。

「もし……もし……」

完全に眠った状態で画面もろくに確かめずに通話ボタンをタップした。

「よぉ、お待ちかねの絵の依頼がきたぞ」

西さんの声だった。

「ん……肖像画……ですか？」

「いや、フリーオーダーだ。静岡電興ってとこの社長さんなんだが、先方はおまえの《フオンの風》みたいな絵をご所望だ」

「はあ……あの絵なら、すでに売れてますけど？」

あれは京都の美術館に現在は保管されている。買いたいというのなら、自分に電話をしてくるのはお門違いだ。だが、そうではないようだった。

「『みたいな絵』って言ったろ？　いつまで寝ぼけてんだよ？」

　このあたりでようやく目が覚めてきた。

「社長さんはな、純粋な新作を描いてほしいんだとよ。ただし、おまえのほかの作品はいずれも好みではないらしい。つまり《フォンの風》レベルのものだった場合に限り、購入したいってわけだ」

「それ、気に入らなかったら無駄骨ってことっすか？」

「自信がないのか？」

「そうじゃないっすけど……」

　無駄打ちして時間を浪費すれば、そのぶん経済状況は逼迫《ひっぱく》する。画材だってタダじゃない。

　しかし、それ以上考えている時間はなかった。

「どうするんだ？　断るのか？」

「いやあ……まずもう少し詳しくオーダーについて聞きたいんですけど」

「そう来なくっちゃな。今日の午後一時、連尺《れんじゃく》町にあるＲＪビルの四階に行け。そこが静岡電興の本社事務所だ。社長の名は石室宏一《いしむろこういち》。くれぐれも粗相のないようにな。あとで住所も送っておくから」

連尺町といったら、谷島屋書店連尺店があるあたりだろうか。そんな朧げな記憶を思い出す。

「一時っすか……」

今日は午後からフォンの調査を本格化しようかと思っていたのだ。

「しっかりやれよ。がっぽり稼ぐチャンスだぞ」

「はあ」

フォン探しは大事だが、そのためにも金は必要ではある。だが、ビッグマネーの好機と言われてもまったく食指が動かない。話が曖昧模糊《あいまいもこ》としているせいもあるが、いまの自分に何も期待していないってことも大きいだろう。

しかも、先方は《フォンの風》を超えろと要求している。

できるのか？

「で、具体的な金額だが、こっちの仲介手数料引いてざっと八十万。今のおまえには絶対に必要なんじゃないか？」

「そう……っすね」

一も二もなく飛びつくべき金額なのは間違いない。少なくとも、蘭都のところで暮らすなら、これで当座の資金が稼げることになるのだから。

だが——なんとも気が進まない。

「ん？　どうした？　もっと喜べよ。せっかく仕事が入ったんだぞ？　まさか断る気じゃねえだろうな？」

「いえいえ……とにかく社長さんに会ってみます。話はそれからですね」

すると、電話の向こうで沈黙があった。いつになく長い沈黙だった。苛立っているのだ。西さんはこういうとき、不機嫌を隠そうとしない。

「また連絡する」

電話が切れる頃には、何年か洞穴で暮らしていたみたいに身体中の筋肉が固まっていた。降って湧いたような仕事の話に、まだ実感が伴わない。が、とにかく、もっとも卑俗で、意外と大きなウェイトを占める経済的な悩みから解放されるのだ。わるい展開ではないはずだ。

ソファから降りる。

〈保管室〉から出てバスルームへと向かった。「くれぐれも粗相のない」身形とやらを整えるために。

「しっかし、この濱松蒼の絵に注目するとは、なかなかお目が高い社長だね。頭がどうかしてるのかも知れないな」

いまどき、この落ちぶれた画家を指名するなんてよほどの変わり種に違いない。それとも、落ちぶれ画家でも好事家にとっちゃ貴重な存在なのか？

そのときはそれくらいの疑問しか頭に浮かばなかった。とにかく行ってみればいい。それで、すべて問題は解決するはずだ、と。しょせん画家は画家。探偵のように怪しい物事への嗅覚が備わっていないのだ。

2

「依頼だってよ、おめでとう」

鏡の前で独り言をつぶやくくらいには、喜んでいるらしかった。

比較的フォーマルなシャツを選び、ジャケットを着込んであとは出かけるばかりになった。が、時計はまだ十一時。家を出るには早すぎる。

リビングの窓が太鼓の振動でびんびん響いてる。

自衛隊基地の近くだったりすると、防音工事が無償で行なわれるものだが、祭りの中心地区の家々にも同じ設備を作ってもらいたいところだ。

冷蔵庫からパプリカのピクルスの小壜を取り出し、中身の上下をスプーンで混ぜて入れ替えた。それから、二、三切れ取り出して小皿に出し、食べてみる。漬け始めて一週間ともなると、このぐにっぐにっとした歯ごたえがかなり魅力的だ。辛みもじゅうぶんに沁み込んでいる。

ただ消費率を考えると、そろそろ次のパプリカを購入してこないと、どこかでピクルスのない夜を迎える日がくるだろう。最近じゃ、目覚めに蘭都のピクルスを食べるのは日課になりつつある。

蘭都は仕事らしく、すでに姿がない。仕方なく、自分でスーパーに出向くことにした。まだどうせ時間はあるんだ。

まず初めに赤と黄色のパプリカをカートに入れ、少し迷ってズッキーニも入れてレジへ向かった。精算を済ませながら、頭は早くもその社長とやらの依頼に何を描こうかと作戦を練り出していた。

だが――心のどこかで待ったがかかる。待てよ、おまえはまず自分のアロマを見つけなきゃならない。絵筆をもつのはそのあとじゃないのか。

「でも金は重要だぜ?」

独り言に店員の女性が驚いた顔でこっちを見た。愛想笑いで誤魔化し、店をあとにした。

蘭都の家に戻ろうとした時だった。〈未来世紀BZ〉の脇にある階段に足をかけたそのタイミングで、ふと足を止めた。

一瞬だが、ひどく肌に馴染む匂いを嗅いだ気がしたのだ。

これは――マルメンライトの香り。

「気のせいか……」

鼻にすうっと抜ける芳ばしい匂いは、メンソール煙草特有ではあっても、マルメンライト限定ってわけではあるまい。かぶりを振ってすぐに匂いのことは忘れた。

だが、ついこの間までベッドの隣でメンソール煙草をくゆらせていた女の姿が鮮明に脳内に立ち上がるのを、抑えることはできなかった。

「いらっしゃ……何だよ、君か」

客が帰ったタイミングを見計らって、〈オフラン〉のドアを開けた。

「裏口から入れよ。接客中だったらどうするんだ？　どうしたの？　何か用？」

匂いにつられてつい訪ねただけだった。

「いや、今日の客に、煙草吸う人いたか？」

「ん？　今日の客に？　……どうかな、そんなこと聞かないからな。まあ知っていても、そういう質問には答えられないよ。守秘義務があるからね」

「建物の近くでメンソール煙草の匂いがしたんだ。それでね」

「ふうん……ちょっとわからないな」

蘭都は顔を背けてそう言いながら、こめかみのあたりを掻いた。

この仕草。

高校時代にサプライズパーティーのことをフォンに頼まれて、俺に不自然な嘘をついたときと同じだ。

「蘭都、おまえ俺に何か隠してないか？」

「え？　いや、何も？　っていうか、そもそも何でも言い合うような仲でもなくない？」

蘭都はオイルまみれの手を洗い始めた。一度疑いだすとそんな行動さえ、本心を探られまいとするための動きに見えてしまう。疑心暗鬼というやつだ。

「本当のことを言えよ」

「なんだよ、問い詰められるのは好きじゃないな。これは取り調べか？」

「俺は警察じゃねーよ」

「じゃあもう終わり。僕はとにかくマルメンライトの匂いも嗅いでないからわからないって」

「……へぇ」

「何？」

「俺、いつマルメンライトって言った？　メンソール煙草としか言ってないんだけど」

「……さあさあ、忙しいからそろそろ行きなよ。次の客が来る」

「おい、おま……」

なおも食い下がるこちらを、蘭都はかなり強引に押し戻して店の外に追いやった。

話す気はない、ということか。

コイツのこういうところが気に食わない。協力的かと思うと、ふっと英国スパイみたいな裏の顔を見せる。いつも死と隣り合わせだったヤクザ組長の倅なんてそんなもんなのか。

フォンが蘭都を訪ねてきたってことか……？

何のために？　ただの懐かしさからか？

それとも——。

真っ先に脳内で可能性を除去されたのは、フォンと蘭都がデキているという選択肢だ。こればかりはいくら妄想を逞しくしたって考えられない。高校時代から二人を知っている。そういう仲になりっこないのだ。

では、何か用事で？　なぜ蘭都はそれを隠そうとする？　フォンに頼まれたのか。だとすると、フォンはこっちの存在に気づいているってことなんだろうか……。

いずれにせよ、あの態度じゃ、蘭都を味方にするのは難しそうだ。

「まあでも、フォンと決まったわけじゃないか……」

なにしろ、手がかりは今のところメンソール煙草の匂いだけなのだ。

フォンはまだこの街にいるのだろうか？

ササラという風俗嬢にヒメノという元風俗嬢の情報を聞き出そうとしていたというのも気がかりだ。本来なら、今日の午後はあのジェームズ・ディーンみたいなポン引きの男に、ヒメノという元風俗嬢についての探りを入れようと思っていたのだが……。

時計に目をやる。十一時半。社長と会うまでに時間はあるが、午後にならないとあいった店の従業員は現れないのではないだろうか。

「まあ、一応、行くだけ行ってみるか……」

どうせ蘭都は口を割らないのだ。それならもっと脈のある場所を掘るほうがいい。

階段を下りると、〈未来世紀ＢＺ〉の前では、バロンが相変わらず口笛なんぞを吹きながら箒《ほうき》で掃除をしているところだった。

「蒼さん、おはようっす」

「おはようって時間じゃねえだろ」

「いや、朝日に感謝、おはようっすよ。そうだ」バロンはそこで声を落とす。「目撃情報の追加っす」

「今度はどこで見たんだ？」

「それが、妙なんすよ。法被を購入したらしいんです」

「ハッピ……祭りの？」

「鍛冶北町のやつっす」

「鍛冶北町か」

西さんの画廊のあるあたりだ。

「法被屋の親父が間違いないって言ってましたね」

「おまえはなんでそんな人と接点があんだよ？」

「うちの店の常連客っすよ。えらいベトナム美人がきたからってオヤジさん、興奮して店で吹聴してたんすよ」

「ベトナム人の美人はフォンだけじゃないぞ」

「もちろんその場で画像見せて確認とりましたよ」

　抜かりはないというわけか。

「……なんで法被なんか……」

「祭りに参加したいんじゃないっすか？　ほら、祭りって外部の人間が参加できる町とできない町で分かれてるじゃないっすか。鍛冶北町は外部の参加オーケーだから。たぶん町にこだわりはないんすよ。狙いは祭り参加っすね」

　バロンは名探偵よろしく顎をさすって見せる。谷島屋で地元の情報誌を読んでいたという萌愛の目撃談とも符合する。

「いつから探偵になったんだ、おまえは。とにかくサンキュー。助かる」

　あとで西さんにも法被の話を聞いてみるか。いずれにせよ、ふつう、外部の参加者ならあえて法被を買ったりせずにレンタルで済ます。それをわざわざ買ったのはなぜなのか、気になるところではある。

「ところで蒼さん、ササラちゃんどうでした？　よかった？」

「黙れ」

　なんでどいつもこいつも知ってるんだ？　恐ろしい世界だな。

「えーちょっとくらい教えてくださいよぉ」

「また今度な」

「チェッ……絶対っすよ？　チャオ！」

　バロンが手を振る。

　フォンは祭りに参加しようとしている。法被を買い求めた以上、それは間違いないんだろう。だが、祭りが目的だとしたら、帰省がいささか早すぎる気もする。だいたい、なぜ自分の町の法被じゃないんだ？　地元は嫌いだが、祭りには出たい？　意味がわからない。

　それに、ヒメノについて調べていたことはどう考えればいい？

　過去には浜松まつりのお囃子隊に属していたが、そもそも祭りにすすんで参加したいタイプではない。

　君人との諍いのおかげで、二人で祭りの喧噪を歩くことになった夜のことが脳裏をよぎる。彼女はお囃子の衣装から、星空みたいなワンピースに着替えていた。そして、銀杏《いちょう》の葉が落ちるときのようにふわりと祭りのリズムに合わせて身体を揺らした。

　――私がベトナム人だからなのかな……。ふつうに歩いているだけでもセクハラまがいのことを言われることがよくあるの。祭りの夜はそれが天の魔王の放つ矢のように降ってくるの。よけるだけでも大冒険よ。

——ま、魔王……？　大冒険とか言うと楽しそうだぞ……。

——ぜんぜん楽しくないよ、魔王だもん。

フォンはしばしば語彙の選択が間違っている。

あの頃と今のフォンが同じ考え方をしているとはかぎらないが、数年のあいだに祭り好きになったとも思えない。魔王だからな。

3

昼前の〈アリスとテレス〉はまだシャッターが下りたままだった。看板の灯も当然消えている。

しっかし……ササラって娘にはボられたな……。

最終的に蘭都経由で重要な事実も教えてもらったが、いかんせんヒメノっていう元同僚について知りたがっていたというだけでは、二人の関係性は不鮮明だ。

仕事はきっちりしていたし、文句はないのだが……。

最後まで終えると、かすかに汗ばんだ額を拭いながら下着をつけて「また来てね」なんて爽やかに言っていたっけ。

二度と来るか……と言いながらここに立っている説得力の薄さよ。

いやいや、これは純粋に聞き込みのためで、などと自分に言い訳しつつ来た道を戻ろうとしていると、

「あれ？　お客さん、リピーターっすか？」

先日のジェームズ・ディーンが向こう側から歩いてくる。前回とは違って複数の舎弟を引きつれていた。

「すいませんね、あいにく開店前なんすよ」

「俺がリピーターに見えるか？」

おかしそうにジェームズ・ディーンは笑った。

「まだ探してるんすか？　ベトナムの子」

「まあね。でも今日はその話がしたくて来たわけじゃないんだ。以前ここに勤めていたヒメノって子について教えてほしくてね」

すると、それまでのニヤつきが瞬く間に消え去った。

「……なんでそんなことを知りたがるんすか？」

「辞める間際、彼女は信じてた人に裏切られたって泣いていたらしいけど、そういった相

手に心当たりは？」

　すると、ジェームズ・ディーンは顔を近づけ、眼球を串刺しにでもしそうな目でこちらを睨みつけた。

「おいあんた、あんまり嗅ぎまわらないほうがいいよ。趣味が悪い」

「趣味？」

「俺だってあんまり思い出したくない話なんだよ。たしかに、無断欠勤で連絡がつかないから、オーナーと俺で彼女の自宅を訪問した。だが、このストーリーはそこまでだよ。そっから先はねえんだ」

「俺が探してるベトナム人の子は、彼女のことをお宅のササラちゃんにあれこれ尋ねたらしい。どんな関係なのか気になる。その自宅の住所だけでも教えてもらえないか？」

「断る。ヒメノは過去形とはいえ、うちのスタッフだった。元だろうと何だろうと、一度この店に関わった子はファミリーなんですよ、お客さん。ね？　それに悪いこと言わないから、この一件からは身を引いたほうがいい気がしますよ？　俺の勘ね、けっこう当たるんですよ」

「俺はよく知らない人間の勘を信じないタチでね」

　ジェームズ・ディーンは本家も顔負けのシニカルな眉の動かし方をして、お手上げのポーズを決めた。

「ご自由に」

手がかりゼロ。これが強面《こわもて》の私立探偵なら、多少手荒な真似でもして情報を摑むところかも知れない。山内組の事務所に潜入するとか、目の前の男の胸倉をつかんで吐かせるとか。

だが、生憎ここにいるのは単なる売れない画家だ。

できることは——回れ右をして、次の一手を考えることだけだ。

時計を見ると、すでに十二時半。ぼちぼち連尺町へ向かったほうがいい頃合いだった。

歩きながら、ジェームズ・ディーンの言葉が思い出された。

——このストーリーはそこまでだよ。そっから先はねえんだ。

その袋小路のストーリーに、フォンはどう絡んでくる？

4

連尺町のＲＪビルは、外観の大部分が鳩の糞で白く染まった、よくぞ二十一世紀に生き残っていたなと感心したくなる骨董的建築物だった。

道すがら、静岡電興という会社をスマホで調べてみたが、一件もヒットしなかった理由が、現場に着いて何となく理解できた気がした。こんな建物の一部を借りて入っているような会社にホームページなんかきっと必要ないんだろう。

しかし、一応形ばかりのエレベータはあった。形ばかりの手すりがついた外階段とどっちが早く着くのか興味深いところだが、ひとまずエレベータに乗り込んだ。階段で鳩の襲撃に遭ってはかなわない。

四階に着くまでに約四十五秒。だいたい階段で上ってもそれくらいの時間に着くだろうと思われた。

降りてすぐのところに、マジックで雑に書かれた看板があった。

静岡電興本社受付。

支社なんか絶対なかろうに……。いやいや、もちろんどんな小さい規模でも支社がある場合はある。偏見はよくない、と自分に言い聞かせつつドアをノックすると、どうぞ、と声が帰ってくる。

おそるおそるドアを開けて中に入ると、パーテーションで仕切られて奥が見えないようになっており、その手前にある長机で丸眼鏡をかけた一人の男が腕を組んでこちらをじっと見ていた。

男は見る者すべてを数字にでも変えてしまいそうな目を向けつつ、せめてこちらの警戒心を解こうと努めるかのようにぎこちない笑みを浮かべた。座っていて全身の感じはつかみにくいが、小柄なのだろうと思われた。

「どうぞ、おかけください」

彼は長机の手前にある一脚のパイプ椅子を示した。

「失礼します……」

腰を下ろしつつ、周囲を見回す。パーテーションの向こうに事務所があるのだろうが、それにしても殺風景だ。ふつう受付と言ったらもう少し花を飾ってあったりとかしそうなものだが、社長一人でやっている会社なんだろうか？

「初めまして。石室宏一です。濱松蒼先生ですね？」

「ええ」

石室はネクタイに手を当て、首元を微かに緩めた。仕立てのいいスーツではあるが、サイズが合っておらず、手の親指の付け根あたりまで隠れている。サイズ管理もままならぬ社長とはね。おまけに絵画道楽に手を染めて大丈夫なのか？　その前にオフィスを引っ越せよ。そんな余計な心配までしたくなる。

「浜松ご出身で、お名前が濱松。これはペンネームですか？」

「いえ、本名です」

昔から欠伸が出るほどからかわれた苗字だ。今さら何の感情も湧かない。

「それは面白いですね」

「まったく。毎晩腹を抱えて笑っています」

このジョークは通じなかったようだ。なけなしの笑みが消えてしまった。

「絵は描いてくださるのですね？」

「はい。でも気に入る気に入らないというのが、そちらの主観にかかっているのはいささか心もとないですね」

「そこはご理解いただくほかはありませんね」

「色まで塗るんですよね？」

「もちろん」

「油絵ですか？」

「何でも。お任せします」

「どのみち自信作を、ということなら最低でも二週間はかかります」

「時間は必要でしょうね。もちろんそれでいいですよ」

この男は何もわかっていない。金持ちってのは時は金なりって言葉を知らないのか？

「そういうことじゃないんですよ。つまり、二週間かけた挙句気に入らなかった、ではこっちは飢え死にしてしまうって話です」

そう、この点が今回直接会ううえで確かめたかった大きなポイントだった。

「それでしたらご安心ください。気に入って購入する場合は八十万お支払いしますが、そうでない場合でも、いわばコンペ代としまして、十万は保証させていただきます」

「八十万と十万じゃ違いすぎる」

「大丈夫ですよ。濱松先生の作品は大好きですから。きっと気に入ります」

「……もう一つだけ。《フォンの風》みたいな絵をご所望と聞きましたが、それは構図を似せろって話じゃないんですよね？」

「構図は問いませんよ。あくまで、あれクラスの作品であれば、ね」

「何かテーマとか。人物画がいいとか、風景画がいいとか、そういったご要望は……」

石室は静かに首を横に振った。

「何も。何もございません。先生のお好きなようにお描きください。それがいちばんです」

口元にもう一度、相手を安心させるためだけのぎこちない笑みが張り付く。目は、相変わらずこちらを数字として見ている目のままだった。金持ちは労働力をすべて数字でカウントし馴れているからこうなるのか。

いいさ、それならそれで。いい絵を描いて金をもらって、それでおしまいだ。

「わかりました。引き受けましょう」

その返事を待っていたかのように石室は立ち上がり、こちらに握手を求めてきた。慌ただしい握手を終える。

「ではお気をつけてお帰りください」

斜め四十五度のお辞儀。礼を尽くされているはずなのに、ちっともそう感じることができない。むしろどんどん自分が惨めな存在に思えてくる。

簡単な会釈だけして退室したときには、歯医者で大切な奥歯を勝手に抜かれたような疲労感に見舞われた。ボタンを押してもなかなか上昇してこないエレベータを待っているのも面倒になって、鳩の糞だらけの外階段を下り始めた。

三階と二階の間の踊り場のところで、ピンクのド派手なワンピースを着た女が煙草を吸っていた。ササラ姫だと気づくのに五秒かかったのは単に疲れていたばかりじゃない。暗がりで見るのと、まるで別人だったからだ。

「あれ、ササラちゃん……だよね？」

「ああ、こないだの。どしたの？　こんなところで」

明るい場所で見るササラは、暗がりで見るよりずっと童顔で幼く見えた。まだ高校を出たばかりかも知れない。

「ちょっと取引先と商談をした帰り」

間違った説明はしていない。

だが、彼女は怪訝な顔になった。

「ここに？　何階？」

「ん、四階。静岡電興って会社」

「……そんな会社、入ってないと思うよ」

「え？」

「ここ、私のお得意先のシャチョーさんの貸しビルなの。三階でアダルトビデオの撮影をやることはあるけど、それ以外のときは誰も使ってないよ？」

「そんなはずは……っつうか、君はいま何を……」

「私？　彼氏と喧嘩中だからちょっと三階借りてんの。ねえ、そんなことより、商談って本当なの？」

　ササラの目が鋭くなる。

「もしかして、私を尾行して来たんじゃないでしょうね？」

「そんなわけないだろ……マジで上に会社は入ってないのか？」

「マジよ。一階に管理室あるから聞いてみたら？」

「……わかった。あ、こないだは情報ありがとう」

「なんのことか、忘れたわ」

　彼女は空に向けて煙を吐き出した。あどけないのに、半世紀を生き抜いた女傑みたいな顔しやがって。

　階段を下りて管理事務所に寄ると、受付の老人は居眠りの最中だった。カウンターに貸部屋管理表があった。

今日の日付の欄を確かめていく。午後一時からのところに「4F　大谷ソリューションズ様」とあった。

〈大谷ソリューションズ〉。その名前には聞き覚えがあった。

なぜだ？

なぜ、ここでその名前が出てくる？

急いでエレベータに乗り込み、もう一度四階へ向かった。だが、一足遅かった。そこはもぬけの殻になっていた。パーテーションは壁の隅に畳んで重ねられ、長机も脇に置かれ、パイプ椅子は奥にしまわれていた。オフィスなんかではなく、ただの貸スペースでしかなかったのだ。

窓の外を見る。

ちょうど石室がビルから外へ出てきたところだった。石室はここの片付けを簡単に済ませたあと、階段で下に降りたのだろう。エレベータを使ったこっちと行き違いになったわけだ。

これ以上の速度では転げ落ちるというくらいに急いで階段を駆け下りた。走って下りれば四階なんてものの十秒で降りられる。

石室は駅方面へ向かって歩いている。

「おいおい、これはいったい何の冗談なんだよ？」

苛立ちまじりのため息を吐き出しながら、猫背の小男を尾行し始めた。

自分の知らないところで何かが起こっている。それだけは、たしかなようだった。

5

石室が向かった先は、駅前のオラクルアクトシティホテル浜松だった。彼はロビー階までエスカレータで向かい、ロビーの脇にあるカフェラウンジに入った。

深紅のカーペットとシックな和紙を用いた柔らかな照明が、小男を迎え入れる。

先客がいた。その男を、知っていた。

〈大谷ソリューションズ〉の社長、大谷宏一《おおたにこういち》。

大柄で品のない赤ら顔の男。いけ好かない豚野郎。

なるほど。石室宏一は偽名か。面倒で姓だけ考え、名前は大谷と同じ〈宏一〉のまま。

ずいぶん雑な嘘をつかれたもんだ。

それにあのスーツの上着。たぶん石室と名乗った男が着ていたのは自分のものじゃない。

大谷のものを借りたのだろう。案の定、着くやいなや、石室は上着を脱いで大谷に渡し、その場でネクタイもさっさと外した。眼鏡もしまうと、何とも人相の悪い小男の素顔が明らかになった。

彼らの斜め後ろの席に背を向けて座り、めいっぱい猫背になって顔を隠しつつ、会話に耳を傾けた。

「ご苦労様。うまくいきましたか？」大谷がバリトン声で尋ねる。

「大丈夫だに。ばっちり。っていうか、何のためにここまでするだよ？　藍子《あいこ》さんのためけ？」

藍子――。

母の名前だった。

母は現在、大谷宏一の妻でもある。

問題は――なぜ大谷が会社を偽ってまで、絵を描かせようとしているのかということだ。

再婚相手の息子に同情して小遣いをやろうって腹にしては、いささか手が込みすぎている。

「誰が別居中の女房のためにこんなことしますか。逆ですよ」

「逆ってどういうことよ？」

「藍子は私の口座の一つを握って放しません。それが生命線だとわかっているからです。そこっちも最近景気が悪いわけで、口座を取り戻したいが、手荒な真似はしたくない。そこで彼女の息子に絵を描かせることにしたのです。藍子に売り付けるために。あの息子、もう画壇じゃ相手にもされてないそうですよ。藍子はそりゃあ心配していましたからね、きっと今の息子の生活を支えるためだと思えば、口座が空になるくらいまで支払うでしょう。母親の愛情ってのは、冷静さの欠片もないもんですからねえ」

「そりゃおもしれえらぁ。アイツ、すっかり俺がシャチョーって信じてただに」

それから二人で声を揃えて笑い出す。

この場にガラスのコップがあったら、思いきり後方へ向けて投げつけていたかも知れない。

ウェイターのご注文は、という問いかけへ首を振り、そっと席を立った。

くだらない……。とんだ茶番に付き合わされたわけだ。はらわたは煮えくり返っていた。だが、それを大谷という男にいかようにぶつけるべきか判断できなかった。この手の消化不良な怒りというのは、抱えているだけで損なものだ。

――母親の愛情ってのは、冷静さの欠片もないもんですからねえ。

「ふざけやがって……！」

そこからどう歩いたのか、あまり記憶がない。

覚えているのは、怒りに任せて歩いたがために、二度ほど自分の現在地を見失いそうになったということだ。

6

大谷たちへの怒りのせいか、母への哀れみか、それ以外か。混乱しきっている脳を鎮めようとアクトタワーのエスカレータに乗っていると、つまらない出来事が思い出された。母に手を引かれて初めてアクトタワーを訪れた日のこと。まだ八歳とかそのくらいだった。父が荷物をまとめて出て行った翌日に、家で食器洗いをしていた母が一枚皿を落として割ってしまった。きっと父のことを考えていたのだろう。父はその当時の愛人のもとへ逃げたのだ。

母はいつもの何倍もの時間をかけて食器を洗っており、挙句に一枚割ってしまって、完全に手が止まった。

日曜日で、午後一時を過ぎていたのに昼ご飯が出てこなかった。見かねてお昼食べようよ、と言うと、母はうるさい黙って、と怒鳴った。あんたのほうがよほどうるさいよ、と思ったが、口答えはしなかった。それから、取り繕うように、母は外に食べに行きましょう、と言ったのだった。

それでアクトタワーにやってきた。瓶ビールみたいな巨大なこの街のシンボルは知っていたが、実際にその内部に入るのは初めてで、ドキドキした。

たしかインドカレー屋に入った。生まれて初めてナンを食べたんだ。その間、母は父がこっそり借金をしている事実を打ち明け、それなのに女に現《うつつ》を抜かしている、と食べられもしないポテトサラダを大量に盛り付けるみたいに、子ども相手に愚痴り続けた。

親のそういった事情は、しょうじき聞きたくなかったが、拒否できる空気でもなかった。初めてのナンはうまかったが、カレーは辛すぎた。インド人のオーナーがウマイ？　と何度も確認をとっては、厨房から親指を立ててウィンクをしてみせた。自分はにこりともせずに頷き返し、カレーを食べ続けた。

その数カ月後だったか。

結局、離婚が成立した。父は愛人との新居に自分を引き取りたいと言ったらしいが、母が拒絶した。どうせすぐ別れるから環境的によくない、と言って。そういう点は母には先見の明《めい》があった。

だからって、母が格別に自分をかわいがっていたわけじゃない。むしろ、父に似た部分を嗅ぎ取っては罵声を浴びせられることが増えた。夜な夜な泣いている姿を見て、哀れな人だなぁ、とどこか冷めた目で見ていた。

自分はここにいてはいけないのだ。いつか母のもとを離れてどこかべつの世界で生きていかなければ――。

母親とのしみったれた暮らしの中で、日に日にその思いは強くなっていった。

そうして、一人で生きるということを考えるたびに、カレーの味がよみがえった。たぶん、あの日で何かが終わっていったのだろう。いずれ消える何かが――。

母も、あの日のことを思い出すことがあっただろうか？　息子が一人で生きていくことを、密かに決意した日のことを。

あれから、新たな幸せをつかみ取ったはずの女は、また一人になっているらしい。そして心の片隅で、売れなくなった息子の進路を心配し続けている。

余計なお世話だよ、馬鹿野郎……。

視界が妙に潤んで光を反射させ、景色がぼやけた。

ここは――どこだ……。

母さん……俺は……。

その、混乱のさなかのことだった。

視界の隅に、何かを捉えた気がした。パッと見た時は、その人物の脚しか見えなかった。

スカートから伸びた、形のよい脚。

その脚はエスカレータを上ってオラクルアクトシティホテル浜松に向かっていた。

女の通ったあとから華やかな香りが微かに漂ってきた。

脳が反応していることはわかっていた。

だが、その反応の内訳を精査するあいだに、形のよい脚は、視界から消えてしまったのだった。

7

散々歩きまわって、どうにか蘭都の家に帰り着いたのは三時近かった。

まだ蘭都は仕事なのか部屋にはいなかった。

〈保管室〉のソファに身を埋めて、じっと考えた。大谷の計画はどのようにして始まったのか。あの会話から察するに、大谷はすでに母と別居している。で、通帳とカードを持ち出されており、そこに入っている金が使えずに困っていた。法的な手段で奪い返せないってことは別居の原因が大谷にあるんだろう。

母は、またろくでもない男を摑んでしまったのだ。ただし、今回の男は金をもっていた。それは唯一の救いだったかも知れない。だが、その金を、大谷はむしり取ろうとしている。おそらく、西さんが俺のために中小企業の社長にまとめて一斉送信メールでも送り、それを目にした大谷が今回の計画を思いついたんだろう。

わざわざ偽の会社をでっち上げたのは、正体をこちらに晒さぬためか。こっちは当然、母親の再婚相手が〈大谷ソリューションズ〉の社長だったことくらい記憶している。そう考えれば、偽の会社を信じ込ませることくらいはする。

本人が言っていたとおり現状、会社の経営は傾いているんだろう。だから、社員ではなく昔からの友人に頼んだわけだ。それがあの石室と名乗った小男。小遣いをやるから計画に乗れとでも言って誘ったのだろう。事務所の場所を決めたのは、石室のほうか。雑な男を引き入れた結果、非常に雑な計画になった。きっと、服装もあまりにいい加減なもので臨もうとしていたから、直前で大谷に上着くらい着て行けと手渡されたのに違いない。おかげで騙されずに済んだ。きっと絵は「気に入らないけど労力にお支払いする以上、買い取りにはなります」とか何とか言って最初から十万以上出す気はないのだ。

そうして描かせた絵を母に数百万で売り付ける。母は落ちぶれた息子のためを思って、どうにか口座の金を吐き出す。

「クソみたいな計画だ。まったく……」

怒りが収まらないのに、いま最も自分の心を占めている感情は怒りではなかった。ただ、母のことを考えていた。哀れな女。いや、いちばん哀れなのは、そんな彼女に心底心配されているダメ息子のほうなのか。

「ふざけやがって……」

何の力も入らない悪態だった。どこに向けて言ったものかすら不明瞭だ。

「お帰り」

声を掛けられて、初めて蘭都の存在に気づいた。蘭都は仕事着のままで額の汗をそっとタオルで拭いた。

「なんだか、疲れ切った顔をしているね」

「ああ……まあな……」

「君の疲れ、いっぺんで取り去ってあげようか？」

「余計なアロマは要らねえよ。そんなまやかしでどうにかなる気分じゃないんだ」

このまま沼の底にでも沈んでしまいたい気分だった。

だが、蘭都はこういうときにこっちを放置しておいてくれる男ではないのだ。鼻先に何かを近づけた。

「これは……」

甘やかな香りが脳を刺激し、崇高な存在の気配を意識させた。

そして、疲労感が遠のいていく。

いちばんの驚きは、この香りをよく知っていたことだ。

「薔薇のアロマ。ダマスクローズのオイル。高校時代に一度フォンに調合してあげたことがあった」

「ああ、道理で……」

知っている匂いだと思った理由がわかった。数年前まで、フォンが身につけていた香りがこれだったのだ。

「ギリシア神話によれば、美の女神といわれるアフロディーテは薔薇の香りを纏っていたらしい。帆立貝の中から彼女が誕生したとき、空からダマスクローズの花弁が降ってきたって話さ」

「海に薔薇の花弁？　どこから飛んできたんだよ？」

「神話に記されてることに茶々を入れるのは野暮だよ。トロイア戦争のとき、アキレウス率いるギリシア軍はトロイアに攻め込み、英雄ヘクトールを殺して引きずる。そこへ現れたアフロディーテは、薔薇の香油を撒いてそれをやめさせたという。君みたいな野良犬に首輪をつけたフォンにふさわしいアロマだと僕は思ったんだよね」

「誰が野良犬だ、誰が」

「君は見ているだけで危なっかしいからね」

あるときからフォンはダマスクローズのオイルを使わなくなった。単に使い終わったという理由だった。かれこれ三、四年前のことだ。

それ以降は、いわゆるふつうの香水を使うようになった。だから、すっかりあの匂いのことも記憶の彼方に忘れ去ったと思っていた。

だが、鼻はしっかりと匂いを記憶していたようだ。

いや待て。この匂い、つい最近どこかで……。

「作ってあげた頃、フォンはすごく喜んでくれてたね。後輩女子たちからも評判がいい、とか何とか」

「あいつは後輩からの人気は高かったからな」

ダンス部で副キャプテンだったフォンの後輩人気は異様だったのをよく覚えている。まあ、同学年に嫌われすぎていただけで、やっかみさえしなければ、あれくらいの人気が普通なのかも知れない。

「卒業後もフォンの後輩たちのあいだでダマスクローズが流行って、たいへんだったんだよ。結果的に〈オフラン〉開業の後押しになったんだけどさ」

「おまえの昔話に付き合ってる暇はねえよ」

ひょいっとソファから起き上がる。身体が軽い。たかが香り、されど香りということか。

そして、さっきオラクルシティホテル浜松に向かっていた女の脚と香りになぜ脳が反応したのか、ようやく思い至った。

あの脚はダンスで鍛え上げられたフォンのもの。匂いはダマスクローズ。くだらないショックだの感傷だののせいで、最大級の馬鹿をやらかしたのだ。

幸い、すでに疲労感は過去のものとなっていた。外ではいよいよ騒音が鳴り響いている。じっとしているには、祭りの練習の太鼓の音はやけによく響く。

「ちょっと散歩」

「元気になったみたいだね」

「蘭都……」

「何？」

「何でもねえや」

蘭都はフォンの宿泊先を知っているのかも知れない。だが、そんなことを聞いて教えてくれるくらいなら、とっくに教えてくれている。

ジャケットを抱えて外に飛び出した。

室内でぼんやり聞こえていた祭りの稽古の騒音が、全身を振動させた。

8

まさか一日に二度もアクトタワーへ向かうことになるとはね。浜松市民でも一日二回もここを訪れる者はそうはいまい。

直線で進めば、十分とはかからない短い移動距離。

その味気ない眺めの中に、無数の記憶が渦巻いている。

忘れたくても忘れられない家族の記憶。どこを歩いても、やり場のない未完成な幸せの欠片ばかりが転がっている。

母とカレーを食べた日に、これらの記憶を自分は〈現在〉から切り離して〈過去〉というラベルを貼った。

誰と一緒にいようとも、心は一人で生きて行こうと、あの日に決めたのだ。

そうして一人で生きてきた俺が、フォンのなかに魂の相似形を見て、共に生きるのを選んだ。

なんてこった……。

この風景の孤独は、フォンへの道でもあるじゃないか。

記憶は次々と関係のない記憶へと連鎖していく。

今もあの頃も、この街に対する感情は微妙な色合いをしている。ありふれたノスタルジーとは無縁の淡い感情が渦巻く。

この街にもともと執着はなかった。それが、フォンとの出会いで、街を出たい気持ちがいよいよ加速した。母親の再婚話は渡りに船みたいなものだ。

高校三年の一月、残りわずかな高校生活を放り出すと、画材を寄せ集めて東京へ向かった。東京へ行くと告げると、フォンは「そっか」と言った。それから、「じゃあ私も」と。

フォンは受験を控えていたが、卒業を待たずに自分とともに東京で生きる道を選んだ。

それで野垂れ死ぬかも知れなかったのに。

東京に出てからの暮らしは想像以上に過酷だった。荻窪の八畳間の安アパートで、二人は寡黙に働いた。自分はデザイン事務所で。彼女はコンビニバイトをしながら、ダンスの道を模索していた。

夜、鏡に向かってダンスの動きを確認しているフォンを見るのが、癒しの時間だった。上司に言われた小言も何もかも、フォンの肩の動きや、肩甲骨のあたりの隆起したラインを見ていると、忘れられるのだ。

そうして、二十歳で画壇デビュー。一気に華々しい生活に入ると、少しずつフォンとのあいだに温度差が出始めた。フォンはデビューも喜んでくれたし、そのあとも応援し続けてくれたが、一方でダンスの道に大きな壁を感じてもいるようだった。なかなかオーディションに通らず、苦しい時間が続いていた。

フォンのダンスがようやく軌道に乗りかけた頃には、こっちが下り坂だった。フォンはプロの歌手のコンサートのバックダンサーとしても活躍するようになり、家にいないことが増えた。それに対して、こっちは毎日家でごろごろしている。

絵が売れないとわかると、だんだん描く手が遅くなり、納期を逃すことも増えた。がんばって描いたところで売値は安い。どうせ「デビューの絵がいちばんいいですね」と言われる。くだらない。ろくに絵の価値もわからない連中が。

二人の人生のベクトルは、完全にすれ違い始めていたのだ。

そして——フォンが出て行った。

理由ならごまんとある。あまりに長い年月を共にしすぎた。そろそろ飽きたっていい頃ではあった。十年。夫婦だったらちょっとした指輪でも贈り合いつつも、内心では互いに飽きてセックスレスになるくらいの年月だ。

仕事の躓《つまず》きは生活の躓きとも直結していた。金遣いの荒さを指摘されたこともあったし、小さなことが我慢できなくなったりもした。以前なら、夕飯の時間は守っていたし、夕飯を作るのは暇なほうがするというのが鉄則だった。

それなのに、自分が料理をすると言いながら、何度も時間を勝手にずらしたりもした。彼女はそれでも文句を言ったりはしなかった。

気持ちを切り替えて職場の話などをこっちに振ってくれているのに、べつのことを考えて突然相槌を打たなくなっても、何も言わずに話題を引っ込めるだけだった。

——変わったわね。

最初に彼女が言ったのは、ゴミ出しの件でクレームをつけられたときだっただろうか。以前なら何も言われずとも、朝のゴミ出しは自分の仕事だった。そのことでは、彼女につねに感謝されてもいた。それが、ある日、徹夜をしてゴミ出しをサボった。

——ゴミ、今日は出さなかったのね。次のゴミ袋が先客がいるって怒っているわ。

何気ないつもりで言ったであろう一言に、自分は嚙みついた。

――なんで俺がゴミを出すのが当たり前になってるんだよ？

――ただ今日は出さなかったのねって言っただけじゃない？

――それ、俺がゴミを出すのが当たり前って前提になってんだよ。暗に俺を責めてる。

――責めてないってば……。私だってゴミを出さなかったのは同じなんだもの。

――じゃあなんで今わざわざ言ったんだよ？

フォンは何も言い返さなかった。

ただ黙々と朝食を食べると、食器を片付け、二人分の珈琲を淹れた。

それから言ったのだ。

――変わったわね。

変わってないさ、とか何とか言い返した。なんで自分がこんなことを言われなきゃならないんだ、とまだそのときも思っていた。むしろ彼女から謝罪の言葉を引き出せるくらいに思っていたのだ。

ごめんね、あなたを責めるような言い方をしてしまったわ、と。それなのに、謝罪するどころかあなたは変わった、と責任転嫁するとはね。恐れ入った――口を開けばそんな嫌味を並べてしまいそうだった。

だから黙っていた。

これ以上揉め事を起こしたくなかった。実際、その沈黙は成功し、彼女は今日の予定についてあれこれ話し始めた。こっちも直前の諍《いさか》いなんてなかったみたいに、相槌を打った。

そうして、彼女はコンビニバイトへ出かけ、こっちは絵の続きを仕上げた。

その次の諍いは——何だったかな……。

いや、こんなことはどうでもいい。

重要なのは、そんなボタンのずれた二人が、いまこうして別々の理由でここに舞い戻っているってことだ。

男は、女を探すために。

女は——なぜ戻った？

9

オラクルアクトシティホテル浜松に到着すると、ロビーへ真っ直ぐ向かい、フロントでフオンの名前を告げた。

「ここに泊まっているはずなんです」

ここへ向かった女がフオンなら宿泊している可能性は大いに考えられた。

「お客様、恐れ入りますが、お部屋番号はおわかりになりますか？」

フロントの男は口元だけに笑みを張りつかせ、そう尋ねた。

「いや、それは……ただ訪ねてきたら会うと言われまして」

口から出まかせだった。

「かしこまりました。確認致しますので、少々お待ちいただけますでしょうか？」

感じのいい笑みを張り付かせたまま、男は受話器を持ち上げた。

やはり、彼女はここに泊まっているのだ。

だが、しばらく鳴らしたところで男は受話器を下ろした。

「お客様、いまご連絡したのですが、あいにく、お部屋にはいらっしゃらないようでございます。もしご伝言などございましたら、承《うけたまわ》りますが？」

ここでただ引き返したのではあまりに無駄骨だ。メモに電話番号を書いて渡した。電話番号ならフォンも知っているだろうし、渡す意味は本当はなかったのだが、来たことの証拠になる。

「彼女は何日くらい滞在しているんです？」

「申し訳ございません。お客様の滞在期間につきましてもお答えいたしかねます」

「……まあ、そうか。了解」

このホテルはそれなりに値が張りそうだ。宿泊代だけですでに十万は超え始めているころなんじゃないか。大丈夫か、フォン？ 貯金はもつのか？ そんな余計な心配が脳裏をよぎる。

やはりメモなんか残さないほうがよかったか。フォンにホテルに来たと知らせるのは、あいつに優越感を与えるだけかも知れない。まあそれならそれで構うものか。

何はともあれ、フォンの宿泊先を自力で発見したのだ。大谷のアホな計画なんて忘れたっていい。どうせこのまま自分が何も描かなければ、奴の計画はご破算なんだから。

それよりもフォンだ。彼女とヒメノという名で呼ばれていた風俗嬢の接点を考えなければ。山内組のジェームズ・ディーンは、嗅ぎまわらないほうがいいようなことを言っていたが、こっちは掘り返さなきゃ先に進めないんだ。

アクトタワーを出ると、外は曇り空だった。

浜松まつりのあいだ、なんとか雨が降らずに終わるといいのだが。

そうでないと、市民にとってはかなりがっかりな一年の幕開けになってしまう。

ドンドン、とどこかで太鼓の音がする。

明日のための最終稽古か？

ピッピ、と笛が鳴る。

そこに喇叭が重なってくる。

もちろんこんなものは祭りの伴奏に過ぎない。当日の喧騒こそが、祭りの主役だ。

目を瞑る。

あの爆音が、鼓膜のすぐそばによみがえる。

十年ぶりの、あの爆音が。

10

朝日が透き通って部屋に入り込んできた。

それと同時に聞こえる太鼓、喇叭、笛、喇叭、喇叭、喇叭。練習で鳴らされていたそれらの比ではない。殺人的なまでの爆音が、窓を揺らす。

「起きろよ、もう昼近いよ？」

ツンツンと頬を突かれて、ソファから這い出た。挙句、何かが鼻先を舐める。

「よ、よせ……！」

腹の上に、イグアナのネロリが乗っている。乗せたのは無論、この部屋の主で底意地の悪さに定評のある蘭都だ。どうにかネロリをそっと床に降ろしてやる。ざらざらとしたネロリの肌の感触は、どうにもまだ好きになれない。よくこんな生き物を飼育しようと思う。よく見れば愛嬌のある顔をしているが……。

「いい匂いだな」

「ブランチだ」

ソファから少し離れた場所にあるテーブルの上には少々立派すぎるベーコンが五枚、べろりんと皿からはみ出さんばかりに置かれている。その脇にあるのは、ズッキーニのバター炒め、トマトと玉ねぎの冷製スープ。前の晩にしこたま飲んで荒れたはずの胃袋が、空腹を訴えている。

って、いやいや、そんな場合じゃない。

「いま何時だ？」

「ほれ」

蘭都が充電中のスマホを投げてよこした。

十一時五十五分。

「『昼近い』じゃなくて、ほぼ昼って言うんだよ！」

「そうとも言う」

蘭都はどうでもよさそうにベーコンを頬張った。

もうフォンはすでにホテルを出てしまっているかも知れない。ホテルのチェックアウトは十時か十一時のところがほとんどだ。

ベーコンを一枚つまんで頬張ると、そのまま玄関に向かった。

「ホテルへ向かう気だろ？」

「なぜそれを……？」

「昨日、君が帰ってきた時、オラクルアクトシティホテル浜松のフロントで焚かれてるアロマの匂いが付着していた。二度目はさらに強くなっていた。つまり、君はあそこにフォンが泊まっている、と見当をつけたわけだ」

「……何も言わねえよ。おまえだって隠しごとしてるんだから」

「彼女に君には言うなと言われてたんだ」

「つまり、おまえは俺との友情よりフォンとの約束をとったわけだ」

「君とは何も約束してないからね」

「あ、開き直るか、おまえ」

「昨日嗅がせたダマスクローズ。あれを作ってくれって頼まれてたんだ。本当にそれだけだよ」

「もう渡したのか？」

「いくつかストックがあったからね」

「なぜフォンは今頃、アロマなんか……」

「それは僕にもわからない。でも、何か思いつめた様子ではあった。先日、ササラちゃんが言ってたろ？　ヒメノという子のことを尋ねていたって。ヒメノって子が何者なのか。

それがわかれば、すべての謎は解明されると思う。君もそう思ってるんだろ？」

「まあな。それはそうだが」

そこから先に進めずに困っているのだ。ヒメノの住所も本名も山内組が握っている。たとえ蘭都の親父のコネを使っても、そこはさすがに不可侵な領域だろう。

「難しく考えすぎてるのかも……」

「どういうことだよ？」

「フォンがいちばん大事にしていたのはダンスだろ？　だったら、ヒメノって子はダンス関係の子と考えるのが妥当だよ。そして、この浜松でフォンとダンスでつながっていたのは、高校時代のダンス部の連中だ」

「なるほど……ダンス部か……誰がいたのか記憶が曖昧だな……」

「恵美《えみ》なら連絡先を知ってる」

「恵美？」

「ダンス部の同期さ。この時間じゃ、どうせフォンはホテルにいない可能性が高い。僕ならホテルへ向かうより、急がば回れで、恵美からダンス部のことを聞いてみるね。もし今すぐ行く気なら連絡しておいてあげるよ」

「恵美か……思い出した。でも同期の連中は相当仲悪かったみたいだからなぁ、どのみちこの十年は誰とも連絡は……」

「そうだとしても、恵美には当たっておいたほうがいい。ダンス部がいがみ合ってたのは僕も知ってるよ。恵美はその中では中立派で、唯一フォンとも話せる存在だったはず」

「うーん……」

ダンス部が内部分裂したのは、フォンが朝練メニューを後輩とやっていこうとするのを、半ば帰宅部的に考えていた連中が煙たがって邪魔し始めたのが発端だった。

いつも恵美が関係の調整に奔走していたが、だからって恵美がフォンと仲がよかったとも思えない。中学からダンスを習っていた恵美は高一の終わりに部長に決まったが、フォンのダンスのセンスに後輩たちは引き寄せられ、憧れを持っていた。恵美としては面白くない気持ちだってあったはずだ。

「恵美は今どこに？」

「高丘町さ」

「高丘……遠いな」

生まれ育った町じゃないか。あの町のことなら、大抵はわかっている。と言っても、十年前の話でしかないが。中学校の頃、ジョギングが趣味で、高丘町の夜の街を徘徊していた。あの頃の高丘町は、区画整理されて、いくつかの大きい公園がプロムナードで結ばれていた。

恵美は蜆塚《しじみづか》中学の出身だったはずだから、実家で暮らしているなら蜆塚に住んでいるはずだ。それが、高丘にいるってことは……。

「結婚してるのか？」

「ああ。数年前にうちに客として来たことがある。そのとき嬉しそうに教えてくれたよ」

「誰と結婚したんだ？」

「山マサと」

「あの？　山マサ？」

山本正治《やまもとまさはる》。通称、山マサ。中学高校と一緒だった。なんともおかしな奴で、関西出身でもないのに、つねに関西弁を喋っていたのを思い出す。

高校は同じだったが、恵美と山マサではクラスも違ったろうに。縁とは不思議なものだ。これも、一つの街の中で生きるという限定が生みだすめぐり合わせの妙というものか。

「急いだほうがいい。アフロディーテはおそろしく大胆で決断力のある女神でもある」

11

高丘町のバー〈ヒルズ〉は赤いヴィンテージのアメ車が店の外装に組み込まれた特殊な外観をしている。店内ではカール・パーキンスの「ブルー・スエード・シューズ」が流れていた。この店は客を五十年代のアメリカにタイムスリップさせたいらしい。

ここが山マサと恵美の店だと蘭都は言っていた。だが、いまのところそれらしい人物は見当たらない。

カウンターの片隅で店内の飾りなんかを眺めていたら、反対側のいちばん隅の席に陣取っていたどでんとした体格の女がこっちを見ながら手を振った。この店のスタッフで、さっきビールを選んだのも彼女だった。

IPAがいいと話すと、一杯目はIPAでも軽めのやつがいいよ、と言ってウエスト・コースト・IPAを選んでくれた。的確なチョイスだった。ホップがメインになっていて、苦味のなかにもフルーティな味わいが楽しめる。

「この町で昼間っからナンパするような男はいないよ。お兄ちゃん」

どえらい失恋でもして喉をつぶしたシンガーみたいな声で彼女は言った。

「ん？ 俺がナンパ師に見える？」

「でなきゃなんで昼間っからそんな恰好してるのよ？」

自分の恰好を見た。シャツに麻のジャケットを羽織っただけだ。取り立てて変わったところはない。

「聞きたいことがある」

「でしょうね」

女はバーのカウンター側に回った。アルバイトスタッフにしては我がもの顔だな。そんなことを考えながら恵美の名を出した。

「この店のオーナーだと聞いて来た。たぶん苗字は山本に変わったはずなんだ」

「……彼女に会ってどうしたいの？」

「恵美の友だちの行方を捜してる」

女はふうっとゆっくり息を吐き出した。

「相変わらず、あんたの目はいつ見ても節穴ね」

目の前のどでんとした体格の女がウインクする。

「久しぶり。恵美よ」

「……なんてこった……ファンキーに化けたな」

恵美はケタケタと笑った。

「山マサはどこに行ってる？」

「今は祭りに行ってる。私は祭りに興味ないし、もともと昼間は私がおもに店開けてるの。で、夜は山マサ」

「恵美が夜もやったほうが儲かるんじゃないのか？」

「私目当ての客が増えても困るのよ。あの人は料理の腕いいから。それに私は夜はドラマでも見て早めに寝たいし」

「幸せか？」

「そこそこね。一日の終わりに旦那の晩酌に付き合ってたら、こんな体型になっちゃった。それで？　蘭都にフォンのことで知りたいことがあるって聞いたけど？」

「通じてるなら話が早いね」

「でもごめんなさい。フォンのことは何も知らないの」

「……そうか」

「あの子、こっちに戻ってきてるってことは、別れたの？」

「一時的に距離を置いてる」

「それは別れたも同然ね？　車検の数時間だって、愛車に何が起こるかはわかんないものよ。うちは車を三年に一度替えるよ。車検が面倒くさいから」

「俺も免許を持ったら考えよう」

一生持たないだろうけどな。

「フォンはね、私が言うのもなんだけど、変わってしまったのよ」

「変わった？　おまえほど変わってはないはずだが……」

「外見の話じゃないってば。失礼しちゃう。っていうか、いつまで付き合ってたの？」

「十日くらい前まで、かな」

「それじゃあ、三カ月前、あの子のかわいがってた後輩が亡くなったのは知ってた？」

「……いや？」

初めて聞く。

「私、一緒にお葬式に行こうって電話して、あの子も帰ってきたのよ」

三カ月前、ダンスの大会に行くとか言ってフォンは出かけたのだ。なぜ本当のことを言わなかったのか？　考えるまでもない。自分が彼女の行き先に興味を持っていなかったからだ。

「何て子だ？」

「あんただって知ってるはずよ。子猫みたいにフォンにまとわりついてた子」

そう言われて、ふっとおさげ髪の背の低い少女の顔が浮かんだ。

「ほら、鈴木《すずき》ミサよ。みんなにミーサって呼ばれてかわいがられてた。中でも、フォンにはすごく懐いててねぇ。なんか、部活に入る前からずっと憧れてたらしいのよね。でもフォンは葬式に来たけど十分もしないで帰っちゃったの。大事な大会があるからって。そのことで少し私、彼女にひどいこと言っちゃったんだよね。薄情すぎるって。あの子は何も言い返さなかったけど」

三カ月前、あいつは地方のダンス大会に出場したが、結果が振るわなかったといって落ち込んだ様子で帰ってきた。

人前でめそめそ泣くような女じゃないから、結果を一言聞いただけではあったが。あのあと、フォンを慰めるために、絵の取材をキャンセルしてバーで飲み明かした。気分がよくなったのか、フォンは今日は帰らずにホテルに泊まろうと言った。

妙なことを言うもんだと思った。渋谷から自宅の荻窪まではタクシーで三十分はかからない。いくら面倒でも、わざわざホテルに泊まる意味はない。

帰ろうと言うと急に不機嫌になって、それから喧嘩したっけな。

あれは――ミーサの葬儀に参加して帰ってきた日だったのだ。ダンス大会なんかなかった。結果が振るわなくて落ち込んでいたのではなく、ミーサの死を悼んでいたのだ。だから羽目を外すようなことを言った。それを自分は受け止めてやらなかったのだ。

「ミーサが亡くなったのか」

あの子のことを、フォンは「ミーサン」とか「ミータン」とかいろんな呼び方をしてかわいがっていた。

葬儀に十分とは、たしかにずいぶん素っ気ないが、きっと訳があったはずだ。

「東京って街が、フォンを薄情にしたのよ。あんたのせいね」

「俺のせい？」

「あんたと付き合ってなけりゃ、あの子はこの街にいて、のんびり生きていたかも知れないのに……」

「そして、おまえもこんなにファンキーではなかった。か？」

「かもね。まあとにかく、あの子が今さらのように帰ってきてるとしても、誰にも連絡はとってないだろうね。だって、私に連絡とってないんだから」

「ずいぶんな自信だな」

恵美は煙草を取り出して口にくわえた。茶色のほっそりとした見慣れない銘柄の煙草だった。

「吸う？」

「やめとくよ。煙草に嫌われてる。俺はそろそろ帰るよ。ありがとう。ミーサの住所を教えてくれるか？」

高丘町からバスで駅方面へ戻る頃、陽が赤みがかる。祭り初日の喧噪が、市の中心街を染め抜き始めていた。

ドンドン、ピッピ、ドンドン、ピッピ。

喇叭、喇叭、喇叭……

やいしょ、やいしょ……

そう、それだ。

この時期のこの街に、それ以外にやるべきことなんか何ひとつありゃしない。

手元にある住所を見やった。

見覚えのある住所。この地域にここ数日のうちに一度自分は訪れている。やれやれ、双《すご》六《ろく》でもあるまいし。ふりだしに戻るとはこのことか。

12

市役所の近くでバスを降り、そこからタクシーに乗り込んで住所を伝え、ナビに入力してもらう。

案の定道は混んでいた。凧揚げの会場である中田島砂丘が駅の向こうにあるのだ。遠州灘で海と砂浜を背景に空を舞う巨大な凧の群れをひと目見ようと多くの市民や観光客が訪れる。

そんななか、自分を乗せたタクシーは元城町に向かって走っていた。

元城町と言ったら、かつては城下町として知られた土地だった。役所や老舗高級ホテルがあるのもこの町だ。だが、学校のスポーツの大会などでよく足を運んだ市の体育館の姿は消え、駐車場に変わっていた。少しずつ、街は歳をとるのだ。

ようやく右手に浜松城が見えてくる。

浜松城は浜松まつりの発祥地でもある。

城主が長男誕生を祝って凧を揚げたのが始まりなのだとか。だが、これには諸説あり、現在では捏造された伝説だとも言われている。

元城町にある浜松美術館の前で、タクシーは大通りに面した小道を上り出す。ん？　待てよ……。

右手には鰻屋〈鰻ずき〉の看板。

「だよな……やっぱり……」

ふりだしに戻る。

タクシーの運転手がドアを開けた。料金を払って降りる。

ここが、ミーサの実家なのか……。

そう考えて、はたと気づく。〈鰻ずき〉に改名する前は、この店の名前が〈鰻屋すずき〉だったこと。ミーサの苗字も鈴木だ。

フォンは鰻屋に客として来たのではない。ミーサのもとを訪ねたのだ。

暖簾がかかっているってことは、一応やっているのだろう。

暖簾を掻き分け、引き戸を開ける。甘いタレの匂いと山椒の匂いがふわっと香る。状況にそぐわず腹が減ってきた。

仄暗い店内で、夫人はカウンターを拭いているところだった。すぐに、こっちに気づいて例の垂れ目を向けてきた。

先日応対に出た主人のほうは奥で調理をしているようだ。

「……またいらしたんですか？　お客さんが探してる人なら……」

「客としては来てないのかも知れませんね。今日は、ミサさんの友人として参りました。お仏壇に線香を上げさせてもらえますか？」

そう言うと、夫人の顔に喜びでも哀しみでもない、しかし何とも言えない使命感みたいなものが漂った。

「あんた、ミサの友だちが来てくれたよ」

店の奥で俎板《まないた》に包丁の当たる音がやむ。

「聞いてるよ、この距離だぞ」

不機嫌に言ってから、主人が静かに頭を下げた。

「どうぞ、お上がりください。二階に仏壇がありますから」

夫人が先頭に立って、カウンター脇の階段を上り、その後に続いた。狭く、細い階段だった。

「ミサの部屋に仏壇は飾ってあるんです」

考えてみたら、なぜ彼女が死んだのかも、何も知らなかった。一つ学年が下だから生きてりゃ二十七。若すぎる死だ。

やがて、部屋に辿り着いた。当たり前だが、若い娘の部屋だった。

まだ学生気分の残ったままの娘の部屋。机の上には小さなミラーが立ててあり、メイク用のポーチもある。部屋の壁には海外の有名ダンサーの写真が飾られていた。

そして——ベッド脇には高校時代の文化祭でフォンと二人で撮った写真が一枚。衣装を着たフォンは、どんなときでも正面を見据えるあの眼差しで、やはりこの写真でもまっすぐこちらを見つめている。自分が恋した頃の、フォンがそこにいた。

そのとなりでミーサは、はにかむような笑みを湛えている。憧れの先輩と、ひとつの写真に納まることの興奮で、頬を上気させながら。

13

ミーサの母親による、長い長いミーサの死の顛末は、そのダイジェストを記すにとどめておきたい。話を短くまとめたところで、ミーサの死の哀しみが薄まるわけでもない。

ミーサは——自ら命を絶ったのだった。

浴槽の死体を最初に発見したのは、母親だった。彼女は、その時のことを回想して涙を浮かべ、深いため息をついた。

自殺に至った理由は、諸説あるらしい。そのなかでももっとも有力と考えられているのは、男の存在だった。

「あの子、数年前にヤクザがらみの男と付き合っていましてねぇ」

ミーサはその男を、ずっと愛していたのだった。だが、男のほうはまったくの遊びで、三年前にべつの女と結婚して身を固めると、急に邪険に扱うようになった。ミーサは周りに誰も相談できる相手がいなかったのだそうだ。そのことを、あとあと母親は日記を見て知ったのだとか。

「せめて悩みを打ち明けてくれていたらねえ……」

母親は目じりに涙を溜めた。

死後、ミーサの電話の履歴の最新十件がすべてその男で、いずれも不通だったことが判明した。

スマホの写真フォルダには、その男とのデート写真やいかがわしいものもいくつかあったようだ。

「そのスマホは……」

「棺に入れて燃やしました。持っていると、憎しみだけが増してきそうですから……」

人間はいろんな感情を棄てながら生きていかなければならない。あらゆる執着は無用の産物だ。棄てられるチャンスは逃さないほうがいい。

「看護学校まで出たのに、あの子は就職先がなかったみたいでねえ……それを私たちに言えなくて、小さい病院の看護師に決まったって嘘ついて、ずっと陰でバイトしていたんです。うちらも馬鹿だから、夜勤が毎日続いていても変だなと思わず、看護師ならそんなもんかなって……」

そこで口を噤み、じっと下を見つめていた。

母親は、ミーサが夜にはヒメノの名で働いていたことを死ぬまで知らなかったのだ。

「フォンが来たことを咄嗟に隠したのはなぜですか？」

「それは……」

「フォンが、ミサさんの知られたくない過去について調べていたからじゃないですか？　たとえば〈アリスとテレス〉に勤めていたこととか」

「……どうしてそれを……まさかあの店の……？」

顔が引きつる。あの店がどういう場所か、そのバックにいる組織も含めて、この夫人にも知識があるのだ。

「俺は彼らとは無関係です。ただ事情はだいたいわかっているので隠さず教えてもらえませんか？　フォンが何をしようとしているのかが知りたいんです」

夫人は何か都合がわるいのか俯いて黙り込んでしまった。切り口を変える必要がありそうだ。

「さっき言っていたヤクザがらみの男との写真は残ってないんですか」

「写真は、携帯電話のデータの中だけだでねぇ……」

「そうですか……」

所在無く室内を見回した。

部屋の中は、まだ遺品が何ひとつ整理されていない。

ベッドも、何もかもそのままだ。

「お母さん」

「……何ですか？」

「スマホ、本当に燃やしたんですか？」

「……」

「もしよかったら、見せていただけませんか？」

数秒待った。

葬儀場では電子機器を一緒に燃やすことは、遺骨に付着する恐れがあることから断られるケースがほとんどだと聞いたことがある。

この時、自分には夫人がクロゼットを開き、段ボールの中からスマホを持ち出すであろうことが予測できた。そして、実際にそのとおりにことは運んだ。

夫人は奥からスマホを持ってくると、目の前で写真データを開いた。

「主人は柩《ひつぎ》に入れろって言ったんです……でもできなかったんです……どの写真も、あの子の、笑顔がきらきらして……本当に見たくもないものだけは削除しましたけんが……」

写真は、瞬間がそのまま切り取られている。そこに真実があろうとなかろうと。この母親なら、娘の生の証を始末しきれないという読みが当たった。

写真はちらっと数枚を見てすぐに返した。必要な情報は、たった一枚でこと足りた。それは、自分にとってはあまりに忘れがたい情報だった。

「フォンが数日前にここを訪れてますね。計二回。彼女にもこの写真を見せましたか？」

夫人は静かに頷いた。

「私がいけないんです。三カ月前の葬儀の日、葬儀が始まるより少し前に、フォンちゃんが来てあの子の死因を聞いたんです。彼女はミサを可愛がってくれてましたから、私たちも本当のところを教えました。あの子、ミサが自殺するなんてよっぽどの悩みがあったんじゃないですかって……それで、とうとう男に裏切られた話、してしまったんです。そうしたら、フォンちゃん、怒りに身体を震わせて……結局、その日の葬儀はすぐに帰ってしまったんです」

フォンは感情が昂《たかぶ》ると自分でもコントロールの効かないときがある。そうなってしまったら、とことん泣くか、とことん怒るか、だ。フォンは、怒る道を選んだのだ。

「先月、ミサが付き合っていた男の顔写真がないかって突然現れたんです。その時はそんなこと知ってても仕方ないよって説得して返したんです。でも、あの子は納得してなかったんです。二度目に来た時は、『おばさん、私はその男の顔を教えてくれないとここから動きません』って……」

フォンは自らの執念によって、見てしまったのだ。

男の顔を。

それから、夫人は仏壇をぼんやりと見上げた。

「あの子、本当に死んだんですかねえ……うちら夫婦はただ昔を振り返ってばかりいる。昨日もそうでした。晩御飯の話題は、小学校の頃の運動会にお弁当を持たせ忘れたことで。あの人は私が悪かったって責めるんですけど、私はお弁当のことを前日まで覚えてた記憶があるんです。なのにその朝、鰻の仕入れがうまくいかなくてバタバタしていてお弁当のことが頭から抜けて……そういう話題をしていると、いまだに運動会の日に私らが来ると思ってじっと体育座りで待ってるあの子の背中がそこにある気がするんですよ。そうするとねえ、いますぐ走っていかないといけないような気がして……こういうの、おかしいと思うんですけど、だんだん夫婦のあいだではその感覚がふつうになってくるんです。周りの人に言ったら、頭おかしいって思われそうなことでも、あの子が着そうな服を用もないのに買ってきて、夫に見せるんです。そうすると夫も、似合いそうだなって。それから長い沈黙が流れるんです。その先がないことが、わかってるもんでねぇ……」

沈黙のなかで、夫人が鼻を啜る音が響く。

ぐるぐるしているんだ。

ぐるぐるしている。

死者の過去は、呪いみたいなものなのだ。ずっと生者に纏わりついて、苦しめたりなぐさめたり、愛撫したり、ただ無意味に笑い返したりする。

かつてそんな絵画があった。

死のなかに佇《たたず》む孤独な生。

秋野《あきの》不矩《ふく》が晩年に描いた《砂漠のガイド》だったか。

果てしない砂漠を歩く、長い影を引いた旅人。影は旅人に付きまとう過去なのか。たゆたう流沙の紋は、まだなお何かを奪おうと静かに旅人を見守っている。失い続けるのが生で、失ったものは永遠に付きまといもする。

仏壇をもう一度見た。

さっきまでは気づかなかったが、薔薇を象った小さな壜が仏壇の隅にある。蘭都の店で出しているダマスクローズと同じ入れ物だった。中身は残り一センチ程度。

蘭都が言っていたことを思い出す。

——卒業後もフオンの後輩たちのあいだでダマスクローズが流行ってたいへんだったんだよ。

その香りは、フォンから後輩たちへ受け継がれ、またフォンに還ってきた。

死者の香りを継ぐ者は——何を思う？

14

夜の七時。

浜松まつりのあいだ、田町中央通りから広小路通りまでは屋台引き回しエリアといって、各町村の練り部隊が繰り出し、激しい練りを繰り広げる。

まず歩くこと自体が困難だ。少し歩けば練りに巻き込まれる。この日ばかりは無礼講とばかりに関係ない通行人を練りの渦に巻き込もうとする若い連中で溢れている。

天に向けて指を立て、ひとつの合言葉を奏でながら神輿をかつぎ喇叭を鳴らすそのさまは、この街がひっそりと抱いている狂気をむき出しにさせる。

なんだこんな暮らし。つまらねえ暮らしだ。でも俺らは生きていくんだよ。泥水啜って、それでも生きていくよ。

彼らの魂が、そう叫ぶ。

爆音の間を歩く。

あの日と同じだ。

向かっているのは、鍛冶町通り。御殿屋台展示エリアであり、ここも屋台引き回しエリアではあるが、他の通りよりはおとなしいほうだ。そこに目的の人物がいるはずだった。

瞼の裏には、さっき見たばかりの写真がくっきりと焼き付いていた。

少し困ったような笑顔のミーサ。

その肩を抱いて、煙草を吸っている男の顔。

蘭都は、はじめからフォンの行動を読んでいた。フォンが、蘭都にミーサがしていたアロマと同種のものを作らせたとき、すでに蘭都の頭の中には、何らかの行動がイメージできていたはずだ。

その顔は——。

御殿屋台の群れは、竜宮城にでも来たかと幻想を抱いてしまいそうなほどに豪華絢爛だ。笛の音が、太鼓の音が、心の平衡感覚を狂わせる。ひどく間違ったことをしてしまいそうな夜だった。

よりによって祭りの夜とは。

狂気と正気が、ふとした弾みに入れ替わる。

たこ焼き屋と水飴屋のあいだの隙間を通り抜ける。

その向こうに、シャッターを半分ほど下ろした店舗が目に入る。

閉まりかけのシャッターの前の石段に、法被姿でビールを飲む男の姿が目に留まる。

いつものように。

そう、いつものように――。

「よう、蒼、どうした？　社長さんには会ったか？　引き受けてくれる気になったのか？」

「いえ。あの話はなかったことにしてください」

西さんは立ち上がると、肩に腕を回してきた。

「オイ、絵描き先生よぉ、どういうことだ？　いい話を持ってきてやったろ？」

「……西さん、知ってましたよね？　静岡電興なんて会社は存在しないって」

はじめ、西さんは大谷の企みは何も知らないのだと思っていた。だが、考えてもみれば、仮に営業をかけたのであれば社名くらい把握しているはずだ。存在しない会社の社長からの依頼をこっちに回すなんて、そんな間抜けなことをこの男がするわけがないのだ。

この男の役目は、母が俺の絵を買い取らなかったときの別売ルートの斡旋。

周囲に目をやる。どこにもフォンの姿はない。練りが始まった。西さんの町の連中が集まりだす。老いも若きも男も女も、鍛冶北町の法被だらけだ。

この中のどこかに、フォンがいる。

どこだ。

やいしょ！　やいしょ！

うるさい……目が回る。

「何怒ってんだよ？　静岡電興ってのは、まあ仲間内の通称みたいなもんだよ。〈大谷ソリューションズ〉の子会社みたいなもんでさぁ。まあとにかくだ、落ちぶれた先生よぉ、こんなうまい話を断ったりしたら後悔するぜ？」

「俺はべつに落ちぶれてはいないですよ」

「あっはっはっは。笑わせるなよ。おまえはさあ、とっくに地に堕ちて……」

自分でも気づかぬうちに、殴りつけた。

だが、西さんは——西陽一は、頬にめり込んだ拳にまったくよろめかなかった。

「なんだ、こらぁ？」

ふだんの穏やかな声からは想像もつかないだみ声で唸った。この男の本性、素顔が現れる。

もう一発腹に、と欲張ったのが間違いだった。

狙いを読んだ西さんは一歩下がってこっちを殴りつけた。

それでおしまいだった。周囲がざわめき、喧嘩か喧嘩か、と騒ぐ声がする。だが、それらの声が徐々に遠のきかける。

バランスを崩し、無様にぶっ倒れた。

ダメだ。まだ意識を失うわけにはいかない。

まだ、フォンを見つけられてない。

「弱いくせに何やってんだよ？　売れないただの絵描きがよぉ。敵《かな》うとでも思ったのか？

笑わせんなよ」

この男がヤクザ界隈とつながっているという噂は本当だったのだ。ろくでもないルートで怪しい絵を売り捌く画商が、それほど身ぎれいな人間ではないことはわかっていた。ただ奴の審美眼に見出されたことで、師弟とも違う、微妙な関係ができあがった。絵への関心を持たれなかった自分は、気づかぬうちにこの男をどこかで信頼してしまっていたのだ。

それが、本性を見抜く目を曇らせた。

周囲を野次馬が囲いだす。だが、その人垣を縫うようにして動く影が一つ。

西に髪を掴まれ、引きずられる。

遠のきそうな意識のなかで、たしかに薔薇の香りを嗅いだ。

西の背後に、長い髪の、影が見えた。

「だめだ……やめろ……」

彼女がわざわざ法被をレンタルではなく購入した理由。それは血で汚れても構わないように、ではなかったのか。

「あ？　何言ってんだ、てめぇ」

西が、視線を追って背後を振り返った。

「なんだ、おまえ？」

西は、ナイフの握られたフォンの手をしっかりと摑んでいた。やがて腹に一撃を加えると、ナイフを奪い取った。

その瞬間を見逃さなかった。

最後の力を振り絞って立ち上がると、西の腕をとって自分の腿《もも》を切りつけ、大袈裟に叫び声をあげてやった。

「うぉぉおおお！　ひとごろし……！　殺される！」

「て、てめぇ……」

西は狼狽《うろた》えていた。流石《さすが》に刃物が登場したとあって、周囲も「祭りに付き物の喧嘩」とは一線を画す事態だと理解したようで、慌てて警察を呼べと叫び出した。それでいい。

「何なんだ……いったい何のつもりだ？」

「ミーサの……痛みっすよ……」

「あ？　ミーサだぁ？」

「鈴木ミサって言ったらわかるんすか？　それともヒメノって呼んでたんすか？」

西の顔色が変わるのがわかった。

「ミサ……って……アイツに会ったのか？」

「知らないんすか……なんにも……」

コイツにしてみれば、鬱陶しくてずっと無視してた女が、やっと電話を鳴らすのを諦めてくれたってだけだったんだろう。

死んだことすら知らなかったんだ。

今夜は正気と狂気が入れ替わる夜らしい。

「ミサは、あんたに振られて自殺したんだよ」

その言葉は、自分が思っていた以上に強烈な呪いの縄となって西の身体を巻きとろうとしていた。

「ふっ……ば、馬鹿な女だな……」

笑おうとしたのだろうが、西の表情はまったく笑えておらず、下手くそな能面師が手掛けた般若面みたいだった。

「本当にな。あんたみたいなクソ野郎に」

今は狼狽えたような顔をしているが、コイツのショックなんて煙草一本吸えば煙と一緒に消える程度でしかあるまい。明日には何ひとつ覚えちゃいないだろう。

「クズ人間に捨てられたくらいで、この世に絶望して死んだなんてね。あんたみたいな奴でも、彼女にとっては光だったのかな？　ねえ、西さん、どう思います？　一緒に今から仏壇の前に行きますか？」

「ふ……ふざけんなよ……」

西は青ざめながら後ずさろうとした。

「あんた今、アフロディーテに触れられた。あんたの手にこびりついたのは、ダマスクローズ。ミサがいつもつけていた香りだよ。もうあんたの身体からはミサの香りが離れない」

西は足をもつれさせながら、這うようにして人垣の隙間から逃げようとしていた。

しかし周囲の男たちは西を放置してはおかなかった。彼らはみんなで西の行く手を阻むように立っていた。それでも西は男たちを押しのけて駆け出した。

すぐにフオンが駆け寄ってきて、身体を支え、足の怪我にハンカチを巻き付けて止血を試みた。

「病院に行かなきゃ……」

「大丈夫だよ。傷は深くない。それにしても、手ぬるい報復だな……我ながらバカみたいだ」

次の瞬間、視界が暗くなった。

薔薇の香りに包まれていた。

フオンが唇を重ねたのだ。

数秒後、フォンが離した唇には、自分の血がついていた。それをシャツの袖でふき取ってやるとき、十日間の空白の意味が徐々に埋まっていくのを感じた。

「嫌われたと思ってたよ」

「勝手に考えるなといつも言ってるでしょ？　私の話を聞くように。言ってもないことを想像で補完しないように。なのに、あなたって人はいつも……」

「たしかに」

彼女はこの復讐を果たすために、あえて何も言わずに家を出たのだ。祭りの喧騒の中なら、警戒されずに接近できる。そこから逆算して、彼女は早めに浜松に戻り、復讐すべき男を探し出した。ミーサのスマホにあった写真を拡大して撮り、それをもとに人探しをすれば容易《たやす》かったはずだ。

指輪を前もって送り付けておいたのは、逮捕されたら、留置所には持っていけないと考えてのことだろう。

我がアフロディーテは、薔薇の香りとともに舞い戻った。

「でも、決行直前じゃなく十日も前に指輪を送ったのは、止めてほしかった証拠だな」

「チャンスをあげたのよ。ふだん私の話を上の空で聞いてないから。少ないヒントでちゃんと私を追えたら、復讐をしないでおこうと思ったんだよ」

「『思ったんだよ』じゃねえよ」

「ねえ、ゆっくり話せるところに行こうよ。私の泊まってるベッド、荻窪の安いパイプベッドみたいに音鳴らないんだよ。すごいでしょ」

「ホテルのベッドが軋《きし》んでたら変だろ。で、ゆっくり何を話すんだ？」

「……それをゆっくり考えられるところへ」

「ゆっくり？」

「そう、ゆっくり」

たしかに、ゆっくり考えられる場所が必要だった。

彼女に誘われるままに、オラクルアクトシティホテル浜松へ向かった。

祭りの熱狂がそうさせたのか。

十年前と同じように。たぶん、そうなのだ。

浜松まつりの熱狂は、時に正気を失わせる。ピリオドを打った二人が、少しくらい時間を巻き戻しても、今夜のこの街は誰もとやかく言うまい。

15

「祭りはうるさいなあ、ネロリ」

蘭都の声に、ネロリは答えるように舌をぺろりと出してからソファの下の隙間に入り込んだ。

蘭都は〈保管室〉のソファにごろりと寝そべっている。ここは蒼に貸しているが、いまは借主は留守だ。ネロリもソファの下の隙間に入り込むのが好きなのに、ここ数日は我慢していた。思う存分、ソファの隙間で遊べばいい。

蘭都は遠くで聞こえる祭りの喧噪を聞きつつ、ぼんやり天井を見上げる。

「蒼はうまくフォンを止められたかな……」

そんなタイミングで、手すりに手をかける金属音が響く。

すぐ近く。

たぶん、この家のベランダの手すりだ。

次いで、着地する音。

ほどなく、がらがら、と網戸が開く。

リビングからは、この〈保管室〉のソファは死角となってすぐには視界に入らない。

侵入してきたのは、黒い服の男二人。

「こんばんは。ここは土足厳禁だよ」

蘭都は、身を隠す必要もとくに感じなかった。ここは自分の家だ。身を隠すべきは自分ではなく、相手のほうなのだ。

「……濱松蒼の絵はどこだ？」

二人のうちの背の高いほうが長い棒状のものを向けてそう問いかける。

「知らないな」

こいつらは蒼の絵を盗む気なのか？　物好きがいたものだ。

「どうしてそんなものを？」

蘭都は寝そべったままだ。これは姿勢を誤ったかな、とぼんやり考えながら、しかしどうせ格闘経験もない自分は歯向かったってたかが知れている、と思い直し、堂々としていることにした。

蘭都は父親に昔から教えられていた。どんなときでも一切感情の乱れを見せるな。それだけで、その場を制することができる。

あながち間違いではなかった。蘭都は、内心では激しい怒りに駆られているときでさえ、声を荒らげないようにして生きてきた。

親父にとって計算外だったのは、蘭都が暴力を嫌い、アロマなんかに心を奪われたことだろう。

「おとなしく渡せば、手荒な真似はしない」

「だから、知らないってば」

すると、突然背の低いほうが蘭都を殴りつけた。

「馬鹿野郎、よせ。手を上げるんじゃねえ！」

もう一人が怒鳴りつける。男たちは統制も取れていない。司令塔はべつにいるんだろう。

「誰に頼まれてきた？」

「黙れ」

「濱松蒼の絵なんか売れないよ？」

「ところがちゃんと売れるんだ。そういうルートを確保しているからな」

「へえ？　君たち、いま自分たちの素性をバラしちゃったんだけど、気づいてた？　つまり……君たちは西陽一の手下だ。あの画廊が、絵画泥棒までやっていたとはね。驚いたな」

「素敵なサプライズだろ？」

ふたたび棒状のものを振り上げ、冷蔵棚を叩いた。強化ガラスが使われているから、罅が入っただけで割れるまではいかなかった。

もう一人が花瓶を倒して見せた。これも割れるとカッコよかったかも知れないが、プラスティック製なので割れない。

二人は脅しが不発に終わって微妙な顔をしながら、もう一度蘭都のほうへやってくる。

拷問でも始める気なのか。

だが、そこまでだった。

インターホンが鳴る。

蒼が帰ってきたのだろうか？　今は困る。この状況はさすがにまずかった。

しばらくすると、鍵をがさごそと開ける音がする。妙だ。蒼はこの部屋の鍵なんか持っていない。

となると――。

「ハイ、ミナサンコンバンハ」

現れたのは、いかついナリをした一階のブラジル料理店のバイトだった。

「ハジメマシテ。一階ノブラジル料理店ノバイトノバロンダヨ、ヨロシクネ……と。一般人向けの自己紹介はこの際省略しとくか」

突然、声のトーンが変わり、片言の日本語もやめた。

バロンは指を鳴らすと、男たちを交互に見た。

「おまえたちはやっちゃいけないことをやったんだよ。もう終わりなんだ。ゲームオーバー。わかる？　おまえたちは俺がこれからおまえらをいたぶると思ってる。でも俺は平和主義だ。そんなことはしない。おまえたちに手を上げる上の方たちは、いまこっちにハイスピードで向かってる。とてもおっかない人たちだ。おまえたちは骨と皮を引きはがされるかも知れない。仕方ないよ。おまえたちがいま殴ったお方はね、小吹組の組長の御曹司であらせられるんだよ」

「な……な……な……え……えええええ？」

「うそだ……うそだ……」

素っ頓狂な悲鳴を洩らして二人の男はベランダに向かった。それとほぼ同時に階下で激しい急ブレーキの音がした。

それが何という車種かも蘭都には想像がついた。

ああ、まただ。

いつも親父はそうなのだ。自分が階段で転んだだけで、監視カメラからその様子を確認し、事務所から急いで駆けつける。そういう男なんだ、あの人は。そして、彼はもちろん一人じゃない。

止めてやりたいが、こればっかりは自分の力ではどうしようもない。

バロンが蘭都に言った。

「今まで身分を隠していてすみませんでした」

「だいたいわかるよ。経験則で」

バロンは首を傾げながら、玄関へと走ろうとする二人の男に足をかけて転ばせた。

「世の中には開けちゃいけないドアがあるんだ。今夜おまえたちはそのドアを開けちまった。往生際がわるいよ。もうここが最果ての地《ベーコ・セン・サイーダ》なんだよ」

16

ホテルの最上階からは、浜松まつりの神輿が星屑のごとく煌《きらめ》いて見える。防音ガラスのおかげで、ノイズは一切聞こえない。

フオンの身体は柔らかなメタルで、弾性のあるミルクだった。久しぶりのこの手触りと冷ややかな温度が、肌にしっくりと馴染むのにそう時間はかからなかった。初めは固く緊張していた身体も、次第にほぐれ、歓喜の声があがる頃には、しばらくの別離の意味も崩壊していった。

「東京に戻って、やり直そう」

これ以上ないタイミングでの切り出しだった。関係は修復され、互いにとって互いが必要だとの理解が高まった頃合だ。

それでもフオンが首を横に振ることが、簡単に想像ができた。それこそが、今の自分たちの総意ということなのか。予想がついていたってことは、たぶんそうなんだろう。

「んん……ちょっと先かな。まだアロマが戻ってない」

「またアロマか」

「アロマはあなたの中にあるようで、あなたの外にあって、私とあなたをつなぐものでもある。だから、あなたも私も、もう少しアロマを探す旅をしたほうがいい」

「旅？　どこへ？」

「どこへでも。その旅の途中で、失われたものと、失われないものとを嗅ぎ分けていくうちに、きっとだんだんアロマがわかる」

　フォンはいつも明瞭な日本語なのに、少しだけ捉えきれないことを言う。言葉の意味が、指の隙間から逃れていくのだ。

「でも忘れないでね。私たちはかつて同じアロマを持っていたの。あなたのアロマが消えたってことは、私のアロマも消えたってことなの。だから私たちはふたたびアロマを探さなくちゃならない。今度見つかるアロマが、二人をまたいつの日かつながんことを」

　それから、フォンに唇を奪われた。まだ傷口が痛む。フォンが覆いかぶさる。そのせいで結局また何も考えられなくなった。この女は他人の思考さえ遮るすべを知っている。

　その晩のフォンは、こっちが何かを言いかけるたびに唇を重ね、貪欲に身体を求め続けた。一緒に暮らしていた頃の数ヵ月分くらいのセックスをその晩にかわした。

　そうしていつの間にか眠りに落ちてしまった。

　目覚めたのは、朝の十時だった。自分がたった一人で部屋のベッドに横たわっていることに気づいた。シャワールームからの音もしない。まったくの無音だった。

外も昨夜に比べれば静かなもんだ。

いや、これは単に祭りに耳が馴れただけか。なにしろまだ二日目だ。

また夜にはあの喧騒がよみがえるだろう。だが、ひとまず俺自身の祭りは昨夜で幕だ。

もう遠い過去の産物。正気と狂気が入れ替わる時間は終わった。

ベッドの上には、ダマスクローズの香りが、染みついていた。

気持ちの切り替えに少しばかり時間が必要だった。

立ち上がり、冷蔵庫からペリエを取り出して飲んだ。

唇がまだ痛んだ。

それから、フォンの唇を思い出した。

その感触は淡く、脆《もろ》く、今にも消え去りそうだった。そして唐突に、悟る。すべてのものは掌から零れ落ちるのだ、と。

失ったものを取り戻すことはできない。

家族も、恋人も、何もかも。

今を捉えるために手を伸ばすことができるだけだ。

ただし、それはかつて確かにあったものを打ち消すことにはならない。失われたすべてのものは、喪失という形で、今も手ごたえを伝えている。

手を伸ばすこの一瞬が、すでに喪失から始まっているのだ。

――今度見つかるアロマが、二人をまたいつの日かつながんことを。

それを虚しい祈りと呼ぶか、希望と呼ぶのか。

何でもいい。

絵が描きたかった。

とにかく絵を。

わが手に――スケッチブックとペンを。

だが、あいにく、それらはすべてあの穏やかな皮肉屋の家に置きっぱなしだ。

17

祭りの報道一色に染まりがちな地元テレビでは、珍しく深刻な表情で西陽一の逮捕が報じられていた。たかがナイフ振り回して腿を切っただけ、のことじゃなかったようだ。警察はその逮捕を機に西陽一がこれまでやってきた違法行為を一気に暴いていった。その中には、よその画廊や画家の自宅からの窃盗といったものもあったようだ。

これでとうぶん、西は出てこられない。おっかない奥方にはかわいそうなことではあるが。

もうひとつ嬉しい記事が載っていた。関連して、〈大谷ソリューションズ〉の代表取締役、大谷宏一への取り調べも始まったというのだ。西との詐欺等を共謀した罪に問われているらしい。これで母は金を奪われる心配が消えた、と考えてよさそうだ。

状況が落ち着いたら、一度は様子を見にいこうか……いや、やめとくか……それはまた今度考えよう。

「おまえ、目のところ、どうした？」

蘭都の左目の周りに、うっすらと痣ができているのを見つけて尋ねると、蘭都ははにかむように笑った。

「いやあ、ちょっとした強盗が入ってね」

「強盗？」

そう言えば室内が荒れている。ガラス張りの冷蔵棚に罅が入っていたり、花瓶が倒れっぱなしになっていたり。

しかし、蘭都は何食わぬ顔で珈琲を注ぎ入れ、いつものようにパプリカのピクルスをフォークでつまんでいる。

「大丈夫。もう何も起こらない」

蘭都はネロリと睨めっこをしながらそう言った。

「そう祈りたいね」

こっちはソファに寝そべったまま鉛筆を走らせている。頭にある強烈なイメージを紙に落とし込むときというのはどうしてこうも筆が速いんだろうな。きっとこういう瞬間以外は、スケッチブックを手にするべきじゃないんだろう。

長らくなぜ絵を描くのかさえわからなくなっていた。

だが、今はそれがはっきりしている。

絵を描くのは、見えないものを見ようとするためだ。失われた記憶、覚束ない未来、最愛の存在の心の内、あるいは自分と他者とのあいだにある隔たり。そういった見えないものを見ようとするとき、そこに不思議な力が生まれる。

あるときは予言的な働きをし、あるときは失われた過去を呼び覚ます。

「もっと楽しそうな反応しなよ。フォンには会えたの？」

「忘れたね」

「……それだけ濃密にフォンの匂いを漂わせて会ってないって言われても、僕が困っちゃうけどね」

「……匂い、するか？」

「アフロディーテの聖なる香りがね。二人は一夜をともにし、またべつの人生へってわけ？」

「好きに考えろよ」

「大丈夫さ。いずれ出会う場所くらいわかってるだろ？」

「あ？　……ああ」

　わかっているのだろうか？

　具体的な場所はわからない。だが、互いの道を進めば、いずれどこかで……。とはいえ、今はまだそれは遠い夢の世界の話に思える。

　もう一度キャンバスを、自分の世界で塗りつぶす。

　タイトルは《アフターローズ》。薔薇の去ったあとの甘美な空虚さと、ほんのわずかな希望の匂い。それをどう絵に落とし込むか。不可能を可能にするとき、たぶんその絵は、初めて《フォンの風》を超えることになるだろう。

　Ｂ４の鉛筆が紡ぎ出したモノクロのフォンが自分を見つめている。今度の絵では、フォンはメインテーマにはならない。モチーフの一つだ。この作品を描き上げるのには時間はかかるだろう。かなりの大作になるが、それを描き終えるまでは死ねない。

　何かが起こりそうな予感。

　正気と、狂気が入れ替わる一瞬。

　あの祭りの夜が創り出した幻想が、スケッチの中にしっかりと刻まれていた。

　窓からレース越しに光が差し込んだ。

　いつかの光だ。

フォンと過ごした午後の光か、親子で過ごしたいつかの昼下がりのものか。失われた記憶は、幾重にも折り重なって今の倦怠を作り出す。そいつを、深呼吸ひとつでうまく調整する。

ふたたび、鉛筆を走らせる。まだモノクロの世界。

だが、色も匂いも温度も、何もかもが今は掌の中にあった。

描くだけ。それだけ。

そのトライは失敗に終わるかも知れない。

たとえ運よくアロマを見つけられたとしても、それで安上がりなドラマみたいに二人の明日がつながるわけでもない。

それでも、失われたアロマたちの声に耳を傾ける。

まずは願ってみよう。

眠らずに導いてくれ。深淵の、その先へと。

あとがき

浜松には、馴染みがあるはずだ。そりゃあそうだ。生まれた土地なんだから。なのに、どういうわけか故郷と呼ぶのが気恥ずかしく、どこかいまだに、その土地に降り立っても、友だちの母親と話すときのような落ち着かない感覚が付きまとう。甘えていいようなダメなような、そんな感じだ。これでもまだマシになったほうで、実際に暮らしていた頃はもっとアウェイだった。両親が浜松の出身ではないことも少しは関係しているのかな。そう言えば、家では遠州弁で会話することはあまりなかったっけ。

そうしたよそよそしさが伝達するものか、子どもの頃は周囲からよそ者という目で見られていた気がする。まあそれはもともとあれこれと性格的に変わっていたせいもあるか。とにかく、そんなこんなで浜松にいるあいだは、一度たりともその土地に受け入れられたような気にはならなかった。

そのよそ者が何を間違えたのか、大学に入って、浜松市の運営する学生寮に入寮し、そこの先輩に誘われ大学の県人会にも入ることになった。

その集いでは、当たり前のように遠州弁が飛び交い、浜松まつりの喧噪を彷彿とさせる「やいしょコール」が必ずかけられていた。妙なものだが、そういう場に接することで、なんだ、遠州に拒絶されてると思ってたのは、自分の思い込みだったんだなと気づいた。おかげで、友だちの母親くらいの親しさは覚えられるようになったわけだ。その後、学生結婚して埼玉に移住して数年経ったところで、今度は親が浜松から離れた。参った。浜松に行く理由がなくなるじゃないか。あとは友人知人が結婚式で呼んでくれるのを待つばかりだが、友人がほぼいない身には、そんな機会は滅多にない。だから、この十数年というもの、浜松に足を運んだのは数えるほどであった。

そんな自分が、新作の舞台に浜松を選んだ。それも、迷いなく選んだ。そもそものきっかけは映画『探偵はBARにいる3』のノヴェライズを担当したことにあった。その際、編集長が次作にハードボイルドはどうか、とお声かけくださった。レイモンド・チャンドラーのような正統派ハードボイルドというより、マイクル・Z・リューインのアルバート・サムスン・シリーズのような、あまり死体と遭遇しないネオ・ハードボイルドの流れにあるものを、というのがその時のオーダーだったんじゃなかったかな。

でも、依頼がくる前から、自分はハードボイルド作家となることを志向していた。ヘミングウェイに始まる、内面を極力描かずに客観的描写のみで、ハードな局面にある人物の状況を描く作風。それが自分の理解しているハードボイルドだ。私立探偵が出てくれればハードボイルドになるとは思わないし、気障《きざ》な言い回しをすればいいというものでもない。一方で、昨今話題の「笑わない男」的なハードボイルド・ガイが出てくる必要もないだろう。どんな臆病者が主人公であっても文体ひとつでハードボイルドにはなる。

過去にも、いくつかハードボイルド風の文体に挑戦したことはあったが、ハードボイルドと銘打ってやる、という気持ちで臨んだのは本書が初だろう。だからだろうかな、プロットはなかなかに四苦八苦した。肩に力が入ってどうも内容がハードすぎるものになってしまう。あれは焦った。こうなると、求められているものと違ってきてしまうから。

最終的にそういった迷いのなかで、できるかぎり呼吸をするように自然体で書けるものがいいんじゃないの？　という結論に辿り着いたとき、ほとんど何も考えるまでもなく浜松を舞台にしようと思った。そうしてプロットを練り出すと、自分でも驚くほど浜松への執着のようなものが出てきた。

単なる懐かしさでも郷愁でもない。あの頃には何とも思わなかったり、むしろ嫌いだというくらいに思っていた一つ一つが、長い年月をかけて自分と切り離せないものになっていることに気づかされる。年はとってみるもんだ。

馬鹿みたいに聞こえるかもしれないけど、作家になり「生まれた土地は一生変わらない」ということに改めて感慨をもつことが多々あった。所在地は今後も転々とするだろう。

最終的にどこの土地で朽ちるかもわからない。でも、生まれ育った地は、振り返っても同じ場所にあって、相変わらず己のスタート地点を教えてくれる。こちらが笑いかけようが素知らぬふりをしようが、それは変わらないのだ。

「文は人なり」という言葉がある。だが、何気なく書けば〈人〉が〈文〉となるかというとそれほど簡単なものでもない。このあとがきだって相当書き直してる。己の血と汗とが沁み込んだ文はいかにして生まれるのか？　さあね、こっちが知りたい。でもまあ、ひとまず濱松蒼と小吹蘭都の二人が見る浜松の現在を通して、多少なりとも今回〈文体〉と呼べるものの尻尾を摑めた気はしている。

何よりの大きな収穫は、取材という名目で、ひさびさに浜松の地を踏めたということだ。作者としては、シリーズが続いて、また取材に赴けることを願ってやまない。

本書は書き下ろしです。

第1回アガサ・クリスティー賞受賞作

黒猫の遊歩あるいは美学講義

森　晶麿

でたらめな地図に隠された想い、しゃべる壁に隔てられた青年、川に振りかけられた香水の意味、現れた住職と失踪した研究者、頭蓋骨を探す映画監督、楽器なしで奏でられる音楽……日常に潜む、幻想と現実が交差する瞬間。美学を専門とする若き大学教授、通称「黒猫」と、彼の「付き人」をつとめる大学院生は、美学とエドガー・アラン・ポオの講義を通してその謎を解き明かす。解説／若竹七海

ハヤカワ文庫

黒猫の刹那あるいは卒論指導

森　晶麿

大学の美学科に在籍する「私」は卒論と進路に悩む日々。そんなとき、ゼミで一人の男子学生と出会う。黒いスーツ姿の彼は、本を読み耽るばかりでいつも無愛想。しかし、ある事件をきっかけに彼から美学とポオに関する〝卒論指導〟を受けて以降、その猫のような論理の歩みと鋭い観察眼に気づき始め……。『黒猫の遊歩あるいは美学講義』の三年前、黒猫と付き人の出会いを描くシリーズ学生篇

ハヤカワ文庫

御社のデータが流出しています

吹鳴寺籐子のセキュリティチェック

一田和樹

エンタメ企業の顧客データから個人情報が盗まれ、ネットで公開された。ツイッターで犯行声明を出す犯人に、82歳のセキュリティ・コンサルタント・吹《すい》鳴《めい》寺《じ》籐《とう》子《こ》が挑む！　他に「ウイルスソフトを買わせて金を奪う詐欺」「顧客データが暗号化される悲劇」等々、いま会社員が直面する危機を描き出すIT連作ミステリ。

ハヤカワ文庫

未必のマクベス

早瀬 耕

ＩＴ企業Ｊプロトコルの中井優一は、バンコクでの商談を成功させた帰国の途上澳門《マカオ》の娼婦から予言めいた言葉を告げられる――「あなたは、王として旅を続けなくてはならない」。やがて香港法人の代表取締役となった優一を、底知れぬ陥穽が待ち受けていた。異色の犯罪小説にして痛切なる恋愛小説。解説／北上次郎

阪堺電車177号の追憶

山本巧次

大阪を走る路面電車・阪堺電車。なかでも現役最古のモ161形177号は、大阪の街を85年間見つめてきた。戦時下に運転士と乗客として出会った二人の女性の数奇な運命、撮り鉄の大学生vsパパラッチvs第三の男の奇妙な対決……昭和8年から平成29年まで、阪堺電車で働く人々、沿線住人が遭遇した事件を描く連作短篇集。

ハヤカワ文庫

二〇一一年〈さわベス〉第一位

エンドロール

鏑木 蓮

映画監督になる夢破れ、故郷を飛び出した青年・門川は、アパート管理のバイトをしていた。ある日、住人の独居老人・帯屋が亡くなっているのを見つけ、遺品の8ミリフィルムを発見する。帯屋は腕のいい映写技師だったという。門川は老人の人生をドキュメントにしようとその軌跡を辿り、孤独にみえた老人の波瀾の人生を知ることに……人生讃歌の感動作（『しらない町』改題）。解説／田口幹人

P・O・S

キャメルマート京洛病院店の四季

鏑木 蓮

コンビニチェーンの社員・小山田昌司は、利益の少ない京都の病院内店舗に店長として赴任した。そこには——新品のサッカーボールをごみ箱に捨てる子ども、亡くなった猫に高級猫缶を望む認知症の老女、高値の古い特撮雑誌を探す元俳優など、店に難題を持ち込む患者たちが……京都×コンビニ×感涙。文庫ベストセラー作家が放つ、温かなお仕事小説。心を温める大人のコンビニ・ストーリー。

君を愛したひとりの僕へ

乙野四方字

人々が少しだけ違う並行世界間で日常的に揺れ動いていることが実証された時代――両親の離婚を経て父親と暮らす日高暦は、父の勤める虚質科学研究所で佐藤栞という少女に出会う。たがいにほのかな恋心を抱くふたりだったが、親同士の再婚話がすべてを一変させた。もう結ばれないと思い込んだ暦と栞は、兄妹にならない世界へと跳ぼうとするが……『僕が愛したすべての君へ』と同時刊行

ハヤカワ文庫

僕が愛したすべての君へ

乙野四方字

人々が少しだけ違う並行世界間で日常的に揺れ動いていることが実証された時代――両親の離婚を経て母親と暮らす高崎暦は、地元の進学校に入学した。勉強一色の雰囲気と元からの不器用さで友人をつくれない暦だが、突然クラスメイトの瀧川和音に声をかけられる。彼女は85番目の世界から移動してきており、そこでの暦と和音は恋人同士だというが……『君を愛したひとりの僕へ』と同時刊行

ハヤカワ文庫

著者略歴　1979年静岡県生，作家　『黒猫の遊歩あるいは美学講義』で第１回アガサ・クリスティー賞を受賞。他の著作に〈黒猫〉シリーズ，『人魚姫の椅子』（以上早川書房刊），『キキ・ホリック』などがある。

HM=Hayakawa Mystery
SF=Science Fiction
JA=Japanese Author
NV=Novel
NF=Nonfiction
FT=Fantasy

探偵《たんてい》は絵《え》にならない

〈JA1418〉

二〇二〇年二月二十五日　発行
二〇二三年八月二十五日　二刷
（定価はカバーに表示してあります）

著者　森《もり》　晶《あき》麿《まろ》
発行者　早川　浩
印刷者　入澤誠一郎
発行所　株式会社　早川書房
郵便番号　一〇一 - 〇〇四六
東京都千代田区神田多町二ノ二
電話　〇三 - 三二五二 - 三一一一
振替　〇〇一六〇 - 三 - 四七七九九
https://www.hayakawa-online.co.jp

印刷・星野精版印刷株式会社　製本・株式会社フォーネット社

ISBN978-4-15-031418-7 C0193

本書は活字が大きく読みやすい〈トールサイズ〉です。